JN260168

追憶のセント・ルイス

一九五〇年代アメリカ留学記

加藤恭子
Kyoko KATO

論創社

はじめに

これは、昔のお話である。

アメリカ合衆国は、大きく分けると、西部、中西部、東部、南部などになる。西部の主要な州がカリフォルニア州なら、中西部ではミズーリ州となるだろう。

そのミズーリ州の中心都市、セント・ルイス。ミシシッピイ河畔から西へのびるその古い都市に私たち夫婦が辿り着いたのは、一九五五（昭和三十）年九月のことだった。サン・タフェ線の汽車で、カリフォルニアからは丸二日の旅であった。

日本の敗戦は、昭和二十年。

それからわずか八年後の昭和二十八（一九五三）年に、私たち夫婦は渡米留学という無謀な計画をたてたのである。一ドル三百六十円の、貧しい時代だった。

カリフォルニア大学バークリー校には、一日三時間の労働で、部屋と食事、徒歩三十分以上なら足代を出す〝学僕〟（苦学生兼使用人）の制度があった。その制度を利用して、バークリー在住のA家に夫婦で住み込んで、働きながら勉強していたのだが、一学期の終わりにA夫人と私が対立し、その家を出されてしまった。

それからは、主人は深夜の皿洗い、私は通いのメイドで生計を立て、夏休みになると、主人は季節労働者としてバークリーを去った。私はフルタイムのハウスキーパーとなり、町はずれの山頂にあるルース家に住み込み、秋の学期が始まっても、フルタイムのハウスキーパー職とフルタイムの学生というほとんど不可能な両立生活を続けた。主人の専攻は生物学なので、一年間専念すれば修士号がとれるからだった。彼は大学近くの小さな小屋に独りで住んで、実験に専念した。

一九五五年七月、主人は修士号を頂き、秋からはセント・ルイスにあるワシントン大学で博士課程に進むことになった。同時に、週二十時間は、フローレンス・モーク助教授の研究助手として、月給二百五十ドルを頂けることになった。これだけの基礎基金があれば、私はもうフルタイムで働かなくてもすむ。セント・ルイスでは、実に種々のアルバイトをしたのだが、もうメイドからは完全に足を洗った。

こうして、私たちはセント・ルイスへ移ってきたのだ。大学での手続きをすませると、すぐにアパートを探した。だが、どれも家賃が高すぎる。掲示板の端に、間貸しの広告をみつけた。二階の一部屋を貸し、台所と浴室は共同。家賃は私たちが払える範囲内だ。ただ間借りとなると、家主と同じ家に住むことになる。カリフォルニア州には日系人に対する差別があったので、心配だった。

バートマー街のその家へ行ってみると、若い女性がドアを開け、びっくりした表情をしたが、すぐにほほえんだ。そしてベティ・ブラウンと名前を告げ、両親が死去してこの家を相続したこと、高校を卒業後近くのドラッグ・ストアで働いているなどを話してくれた。私も、自分たちについて語った。

二階の部屋を見せてから、ベティは、

「大学院生と生活できるなんて……あなたたちがきてくれたら、わたし、うれしい」

といってくれたので、私たちはすぐに住むことをきめた。ベティと私は同じ二十五歳だった。アメリカ人にしては珍しく、彼女は運転もできないし、車もない。そこで、主人が買った中古車が、私たち三人の〝足〟になった。

ベティは、また、料理ができない。同じ台所で私がつくっているものをつまむうちに、

「ねえ、三人で一緒に住むことにしない？　どの部屋もテレビも、自由に使って。その代り、料理役はあなた。私は家中の掃除役で、黒人のメイドを週一回たのむわ」

といい出した。

三人で暮らし始めてからの私は、ベティを通して、または独自に、周囲のごく普通のアメリカ人たちとかかわり合いをもつようになった。無口な主人は、研究室での実験や論文書きにしか興味がなかったが、私は人間が好きなのだ。バークリーでは、A家とルース家の人々のことはわかってても、他の人々と話し合う余裕がなかった。セント・ルイスではじめて、大学外での人々との交流をもつことができたのだ。大学関係者の、いわゆるインテリ層とはまったく違う、庶民のアメリカを垣間見ることができた。

いや、〝アメリカ〟などという単語は大きすぎる。大判のノートを何冊か買い込み、そこに書き込み出したのは、ベティの家を中心とした、隣近所に住む人々についてが主だったからである。

今でも、心から愛着を感じているセント・ルイス。種々のアルバイト先でも多くの人に出会ったが、ここでは市のほんの一割の人々が主に描かれている。

これは、昔のお話である。

五十六年も前、一九五七（昭和三十二）年に、当時二十七歳だった私が綴った、つたない、しかし正確なメモである。

目次

追憶のセント・ルイス

プロローグ

地図を描こう！

セント・ルイスのワシントン大学における新進の微生物学者、メルビン・コーン教授（Melvin Cohn）のパーティに招かれた時のことだった。仏文学を勉強していた夫人と共に、教授は五年間もパリのパストゥール研究所にいたので、部屋の装飾品はほとんどフランスから持ち帰った品々で占められている。中でも彼らのパリへの愛着を示すのは、リヴィング・ルームの壁一杯に貼られた超大のパリの地図である。セーヌ河によって左岸と右岸の両岸に分けられた、あのおなじみの地図なのだが、床から天井まで拡がる途方もない大きさだ。

パーティの列席者が食前のワインを楽しんでいる時、その中の一人が頓狂な声をあげた。

「あら、あなたたちは、セント・ルイスの地図を飾っていらっしゃるのね！」これは皆の失笑を誘い、やがて一同は、げらげら笑い出した。コーン夫人はあわてて、それがパリの地図であることを説明し、

「誰がいったいセント・ルイスに対し、そんな愛情を抱く者がいるでしょう」

とつけ加えたので一同はふたたび笑った。しかしよくよく眺めれば、この間違いも無理もないことで、ミシシッピイ川によってイースト・セント・ルイスから分かれているセント・ルイスは、形の上だけではパリに似ている。それにしても、平凡なアメリカの田舎都市セント・ルイスの地図を壁に飾る！　このアイディアが、セント・ルイス生まれの人たちには途方もないものに思われたのか、参会者たちはその失言にすっかり喜んでしまった。

私も皆と一緒に笑いながら、ふと、〈セント・ルイスではなぜおかしいのだろう〉と、思いついた。何年かの滞在によって、私は見知らぬパリに対する憧れなどよりも、もっと強い愛着をセント・ルイスに抱いている。誰も買う者がいないので、実用以外にセント・ルイスの地図は売られていない。しかし私は、私の地図を描きたいと思った。そこに生きる人々の生活も含めてのものを、である。

大判のノートを何冊も買ったと書いたが、私はまずセント・ルイスの歴史から勉強を始め

た。こうして、コーン教授邸での経験をきっかけに、私は以下のような「セント・ルイスの地理と人々」を書き出したのである。

セント・ルイスの地理と人々

セント・ルイス（St. Louis）は、ミズーリ州（Missouri）の東端にある。ミズーリ州はアメリカの中西部、ほとんど北部と南部の中間にあるのでアメリカの中央に位置するわけだが、ミズーリの人々はこの地理的地位を好んで自慢する。中心にあるというのは中心であるということではないのだが、でもお国自慢の一つに必ず数えられる。

セント・ルイスは東端に流れるミシシッピイ川を挟んで、すぐ対岸のイリノイ州のイースト・セント・ルイス（East St. Louis）に面している。昔、この周辺にやってきた人々は川沿いに入ってきたのか、セント・ルイスの町は川を中心に発展してきた。今でも繁華街は川の付近になっている。しかしだんだんと人口が増加してくるのにしたがって、町は北へ南へ、ことに最近では西へ延びていった。そして旧いセント・ルイスは、黒人の居住地域となってしまった。

この人種差別による住宅区域の差は、アメリカのどの町にでも多かれ少なかれあるものだが、セント・ルイスの場合はことにそれがはっきりしていて、高級住宅地とみなされている西部では、黒人の住人をみかけることは皆無である。セント・ルイスの西端には新しく開けた町が幾つかかたまっているけれど、そこでは召使以外の黒人が住むことを法律で禁じている。

昔、河が交通の要路だった頃には、セント・ルイスは中西部一の都会だった。しかし最近ではシカゴに押されて、大きな産業もほとんどなくなってしまった。いわば斜陽の町だが、それだけに、これからのびようとする活気とは反対の落ち着きが、くすんだ古い町全体にただよっている。

セント・ルイスの生い立ち

十八世紀の昔まで、ミシシッピイ川に沿った一帯はフランスの領土であった。現在のルイジアナ州をも含めてその一帯はルイジアナと呼ばれていたが、その中でも北部の地方を指す名前には、上部ルイジアナ（Upper Louisiana）、またはイリノイ（Illinois）と、二つあった。

この地方におけるフランス治政の中心はニュー・オルレアンズ（New Orleans）にあった。
一七六二年に時の知事は、ピエール・ラクレード・リゲスト（Pierre Laclede Ligueste）の主宰するルイジアナ毛皮会社に、ミシシッピイ川および川の西部地帯でインディアンたちと取り引きする権利を与えた。彼は、当時まだ荒野だったこの地方を歩き、今のセント・ルイスの町のある地帯を商取引の根拠地にしようと思い立って、そこに町を作る正式な許可を二年後の一七六四年二月十五日に得たのだった。こうしてセント・ルイスは毛皮取引のために生まれた町だが、設立者のラクレードは一七七八年に病を得て死んだ。彼の名は、今もセント・ルイスの街路の名として残っている。

セント・ルイスの設立の時代は、政治的には複雑な状況の下にあった。パリ条約によってフランスはニュー・オルレアンズを除くミシシッピイ川以東を英国に、以西をスペインに譲ったが、住民にはフランス系が多く、三者はそれぞれに政治的優勢を競おうとした。例えば、一七六九年にポンティアック（Pontiac）というフランス人が、フランス軍隊の指揮官の友達としてセント・ルイスを訪問中に、カスカスキア・インディアン（Kaskaskia Indian）によって暗殺されたのも、英国の指し金によるといわれている。彼の遺骸は現在のブロードウェイ

（Broadway）とチェリイ・ストリート（Cherry Street）の交叉点に葬られた。

しかしこうした紛争も、スペインが一八〇〇年にルイジアナをフランスへ返し、一八〇三年にフランスがそれをアメリカへ割譲したことによって片付いた。

アメリカは、最初この地方をディストリクト・オヴ・ルイジアナ（District of Louisiana）と呼んだが、やがてテリトリイ（Territory）・オヴ・ルイジアナと名称を変えた。そして一八二〇年になってはじめて、この地方を一つの州としてユニオンに加えるという法律が議会を通過したのだった。


老人たちによって語り継がれているセント・ルイスの歴史的な出来事といえば、第一に蒸気船の出現であろう。一八一七年にピッツバーグで作られた蒸気船が、はじめてミシシッピイ川を下ってセント・ルイスにやって来た時、その〝化物〟を見るために町中の人びとが集まったといわれている。

フランス人によってつくられたカトリックの町に、最初に新教教会が出現したのは一八二四年だった。このプロテスタント・エピスコパル教会は、現在の四番街に建てられたが、今はなくなっている。

19世紀後半のグロッサリーの店頭風景

町に最初のガス会社が設立されたのは、一八四七年だった。そして街路にはじめてのガス燈がともされた同年の十一月四日の夜は、町中が好奇と興奮に包まれたと、古い記録は伝えている。

　世界のどこでも老人は懐古的だが、ここでも彼らはセント・ルイスの過去を呼ぶのに、〝グッド・オールド・デイズ〟（the good old days）という表現を使っている。セント・ルイスが小さな田舎町から河川交通の便を得て、地方都市へと発展していった一八〇〇年代の後半、そして一地方都市からアメリカ屈指の大都市へとのし上がる今世紀の前半、この地方独特の雰囲気を残しつつ近代化へと急ぐ過程は、その近代化の頂点へ行き着いてしまった現在からふりかえると、郷愁を誘うものに違いない。

　物が安かった、という事実も、過去がよき日々であった理由の一つなのであろう。最近のジェネラル・エレクトリック会社の広告によると、昔は物も安かったが賃銀も安く、公平に計算すれば、今の方が少ない労働時間で多くの物を買っているそうだ。しかし人間は物事をかなり感情的に記憶しているもので、昔、いかに物が安かったか、すなわちよき日々であったかを示す写真が何枚かあり、知り合いになった老人からみせてもらったことがあった。

ひとつは、一八八三年に撮られたあるグロッサリーの店頭風景。ピーチのかんづめ五セント、とうもろこしのかんづめ五セント、という広告が立っている。山高帽に黒の背広を着て、懐中時計の鎖をのぞかせた田舎紳士たち。雑談にでも寄り集まったのであろうか、なんとなくのんびりとした風景である。

19世紀後半の洋服屋

十九世紀後半の洋服屋の光景を伝える写真もある。店頭にぶら下がっているのは、日本の着

ごく初期の自動車
（写真右と下）

アメリカ初のガソリン・スタンド

セント・ルイスを襲った竜巻（1950年代）

物のようでもあり、イブニング・ドレスのようでもあるが、幽霊を連想させるような風景だ。

馬車の隆盛期が去って、最初の自動車がセント・ルイスに現れたのは、一八五三年のことだった。先進国フランスに行った留学生がパリで自動車を見て驚き、帰国してからそれを真似て作ったもので、一時間に七マイル走った。数年のうちにそれは大流行となり、形も美化された。一八九八年頃にとられたと推察される写真もあるが、サアリイ（Sarrey）と呼ばれる二人用の四輪自動車で、雨を防ぐ屋根もついている。

この時代にはスピード制限も寛大で、一マイル七分だった。ガソリンは一ギャロン八セント。アメリカ中で一番最初のガソリン・スタンドはセント・ルイスにできたというのはセント・ルイス人の自慢の種で、真偽は保証できないが、この〝アメリカ最初〟のガス・ステーションは一九〇五年に建てられたという。

最初の飛行機は自動車より遅れて、一九一〇年にセント・ルイスの上空を飛んだ。この飛行機はレッド・デヴィル（The Red Devil）と呼ばれ、セント・ルイスの大新聞『ポスト・ディスパッチ』（*The Post-Dispatch*）がパイロットに五千円の賞金を出していた。レッド・デヴィル機はイーズ橋（Eads Bridge）の上空を飛び、成功に終わった。

一九二〇年代の大きな出来事の一つは、一九二七年の九月二十九日にセント・ルイスを襲った竜巻であろう。この天災によって多くの人々が家を失い、罹災者が路上にあふれた。竜巻による被害はこれがはじめてのことではなく、以前にもたびたびあったのだが、一九二七年のそれは、ことさらひどいものであった。

その後も、一九五七年には、警報がたびたびラジオやテレビを通して市民に伝えられ、実際に被害もかなりこうむった。

ベティとの出会い

バークリーでの束の間のふれ合い

カリフォルニアからセント・ルイスへ移ってきて二年、少しは隣近所にも馴染ができはじめた。

しかし考えてみれば、カリフォルニア州のバークリイ（Berkeley）にも二年以上住んだのだから、その隣近所にも少しは愛着を感じてもよさそうなものだが、主人も私も今となってはなんという思い出もない。原因はいろいろあるのだが、一つには、その二年間に私たちは五度も六度も住居を変えたこと、カリフォルニア州自体が、若いアメリカの中でも新開地で、住民のほとんどが他の州からの移住者で占められていて、全体的な落ち着きがないこと等であろうか。心に残る唯一の隣人は、私たちが二度目に引越したアパートの家主トムリンソン夫妻（Tomlinson）であった。

バークリイは、サンフランシスコ湾に面し、サンフランシスコからオークランド・ベイ・ブリッジを渡ったところにある小さな町だが、住宅区域は人種別にある程度分かれていた。まず海に面した地域、これが黒人地帯。山の周辺が高級住宅地で白色人種用。東洋人には貸してくれない。その中間の平地が一般人の住宅区で、山へ近付くほど白色人種、海へ向かって下るほどに東洋人、やがては黒人の住宅が現れてくる。

トムリンソン夫妻の家は、白色人種も東洋人も黒人も混合して住んでいる、かなりの貧乏地帯にあった。外側のペンキはほとんどはげ落ちた家の中に、彼は小さなキチンとベッド・ルームを作って、私たちに月、三十七ドル五十セントで貸した。左隣はジムという黒人夫婦が一日中ラジオでジャズを鳴らして住み、右隣には中風《ちゅうぶう》の老人が住んでいた。真向かいには、古いながら相当に大きな木造の二階建があって、老人ばかりが十人も十五人も住んでいた。それも人種的に白と黒の混合なので、珍しいことだと思いつつも、どういう家なのか知らないでいたら、やがて州立の養老院であることがわかった。それも、身寄りのない、あっても捨てられた貧しい老人のみを集める場所なので、黒人との雑居にも文句が出ないのだった。話すこともなくなってしまったのか、その老人たちは窓際に椅子をずらりと並べて、一日中無言で町を見下ろしている。私はその前を通る度に、その無表情な顔の行列が、ひどく気づまりに感じられたものだった。

人に親切にすると、これだけしたということを示したがるアメリカ人の多い中に、ミセス・トムリンソンは、雨が降るといつの間にか洗濯物を取り入れておいてくれたり、肩の張るお客さんのある時には、部屋のすぐ隣りの共同バス・ルームで静かに用をすませ、水洗装置を使わずに去ってくれたりと、目立たないところに気を遣う人だった。ミスター・トムリンソンは小学校しか出ていない労働者。船乗り、運送屋、工場の職工、酒屋と、いろいろな職業を渡り歩いた揚句、私たちが一緒に住んだ頃は、庭に掘立小屋を建てて、鍛冶屋になっていた。朝、「じゃあ、ちょっと、大工場へ行ってくるからな」と、奥さんや私たちに怒鳴ってから出ていくのは、裏庭のその小屋へだった。

私たちは、半年しかその夫婦と一緒に住んでいられなかった。というのは、夏休みにアルバイトの職がなくて、主人は田舎へ職探しに出かけるし、私はハウスキーパーとして山の周辺の家に住み込まなければならなくなったからだった。でも、一九五五年の夏に、主人がセント・ルイスのワシントン大学に職を得て移る前に挨拶に行くと、ミスタ

ー・トムリンソンは、

「いつでも帰っておいで。この家はあんたたちの物だよ」

といってくれた。彼はこんなこともいった。

「セント・ルイスは親切な町だ。俺があの町に着いたのはある冬の日だった。金もなし職もなしで、俺は二、三日、ミシシッピイの橋の下に寝ていたよ。二、三人、食物をくれた人がいた。そこへ大雪だ。市役所の役人がやってきて、雪掻人夫にならないかといった。だから俺はなった」

「雪掻人夫って、どんなことをするのですか?」

「町の中の雪を集めてきてミシシッピイに捨てるのだ。それ以来、俺はホテルに寝た」

セント・ルイスへ

その〝親切な町〟セント・ルイスにやってきて、私たちが最初に驚いたのは、家賃が高いことであった。もっとも、こう一概にいっては正確でないので、ちょっと説明を要するが、セント・ルイスは、ミシシッピイ河畔から西へ向かって延びている町である。

人種による住宅区域別は、カリフォルニアよりもっと厳しい。ここには東洋人はほとんどいないので、人種とは黒と白のことである。ミシシッピイ川に近い東部区域が黒、そこでは家賃が安い。西へ行くに従って白、私たちが住むことになった西部のユニバシティ・シティ（University City）では、法律によって、召使以外の黒人の居住を拒否している。

しかし問題は、私たちが通うことになっていたワシントン大学がセント・ルイスの最西部にあることで、私たちもまた、その家賃の高い地域に住まなければならなくなったのだ。しかし大学の近くには住めなかった。カリフォルニアなら五十ドルくらいのアパートが九十五ドルもするからだ。大学から徒歩で四十分の地帯でも、アパートは月八十ドルはした。

最後にみつけたのは、私と同じ年の女性が一人で住んでいる家に間借りすることだったことはすでに述べた。二階の寝室を一月七十ドルで借りて、台所とバスを一緒に使うというのが私たちの契約だった。アメリカに来て以来、いつも誰かと一緒に住んでいたので、そろそろ二人だけのアパートに住みたいと思っていた私たちは、がっかりした。一ヶ月住んでいるうちにもっと方々に当たってみて、安いアパートがあったら引越そう、それが私たちの最初の計画だった。

しかし、それから二年たった今も、私たちは依然としてそこに住んでいる。だから、隣近所に住む人々のことを語るに当たっては、最っ先にこの家の家主、私たちの友達、ベティについて語らなければならない。

愛すべき家主ベティの家へ

ベティ・ブラウン（Betty Brown）は一九二九年に生まれた。お母さんはきれい好きな主婦。お父さんは近所に荒物屋店を持っていたが、二人とも四、五年前に亡くなった。このお父さんは、教育は小学校卒だが、夢想家で本を読むのが好きだった。ブロークンな乱暴な英語で、内容だけはシェークスピアだのブラウニングだのを論ずるもので、近所から変わり者扱いされていたそうだ。ベティはお父さんの素質を受け継いだらしい。

私たちの移ってきた最初の頃は、エスター（Esther）というお姉さんが一緒にいたのだが、朝は七時頃家を出、夜は十一時頃帰って来るのでほとんど顔を合わせたことがなかった。ただ彼女はバス・ルームの戸をあけはなしたまま用を足すくせがあったので、それを知らずに飛び込んで困ったことがあった。よい人だったが、私たちとはあまりうちとけず、それよりも、もとから親しかった友達の家の方が住みよいらしく、二ヶ月もするうちに、そちらへ引越してしまった。

さて、そこで、家はいよいよ三人の所有に帰したわけだ。〝所有に帰した〟といってよいわけは、私たちがだんだんとのさばり出したからである。

ベティの家は五部屋の二階建。バートマー（Bartmer）という静かな通りの六八四一番地にある。セント・ルイスへ来て気付くのは、ほとんどの家が煉瓦建であることで、大火以来、市が法律を作って煉瓦建しか許可しなくなったという噂で、これが古い町にいよいよ古めかしい雰囲気を与えている。彼女の家も煉瓦建で、一九二〇年代に建てられたという話だ。

ドアを入ると、すぐにリヴィング・ルーム。家具も外側の煉瓦と同じくすんだ色で、開放的な明るいカリフォルニアの家を見慣れた眼には、老人の一人住まいに来たような気がしたものだ。それにすぐ続いてダイニング・ルーム。大きな焦茶色のテーブルと椅子が四つ、食器棚がある。続いて台所、台所の左隣りにバス・ルーム、その後にもとエスターの住んでいた小さなベッド・ルームがある。狭い階段を上った二階には部屋が二つ。左手のは小さいベッド・ルームで、ベティはそこに寝る。右手は昔、両親の部屋だったとかで、十五畳ほどもあるガランとした板敷にダブル・ベッドが一つ、ソファが一つ、鏡台が一つ置いてある。そこが私たちの住家となったのだが、私たちの来た時は、両親の死後一度も掃除したことがないそうで、数年間の埃が積もっていた。いくら掃除しても、床板や壁にしみ込んだ埃の匂いはなかなか取れなかったが、半年も経つうちに、私たちが全部吸い込んでしまったのか、匂いはなくなった。

はじめは、食事をいちいち二階へ運ぶのでは大変だな、と思っていたが、最初の夕食を料理して盆にのせようとすると、ベティが、

「どうしてダイニング・ルームのテーブルを使わないの?」

といってくれたので、それ以来、食事はダイニング・ルームを使うことにした。また、料理役が私になったこともすでに述べた。そうすると、どうしても下にいる時間が多くなり、リヴィング・ルームのソファを占領してテレビを見るようになった。そんなわけで、半年も経つうちには性格の差によるものか、家主と店子の位置が逆転し、私たちは家中を思うように使うようになり、はじめて来る友達などは、これを私たちの家と思うようになった。いつだったか日本人のお医者様がたずねて来て、リヴィング・ルームで

談笑していると、ベティが二階からこそこそ降りて来て台所へ抜けて行った。お医者様、不審な顔で、

「あれは誰です。お宅の……」

お手伝いですかといい兼ねない様子で、主人と二人で大笑いしたことがあった。

といって、私たちが彼女を部屋の隅に追いやり虐待していたわけではない。それどころか、彼女のアメリカ人としてはひどく変わった性質を、とても愛していたのである。

まず彼女は、劣等感が強い。アメリカ人は一般に劣等感に悩まされるのが少ないようにいわれているが、個人個人の生活に入ってゆけば、やはり相当の劣等感があるものである。彼女のそれはいくつかの原因に基因しているのだが、大きく分けて、体が弱いこと、頭があまりよくないこと等から来ているらしい。

ベティの家の玄関前で。ベティと著者

彼女は小さい時から神経質で体が弱かった。

私がいつだったか、小さい頃神経質で、夜中にふと眼を覚まし、家中の者が死んでいるような恐怖に襲われ、それを確かめに父母の寝室へ行った、といったら、彼女もそれと同じことを繰返したといっていた。運動もできず、活動的な女の子たちの間に交じって、彼女はつくづくと自分の健康に自信を失ったらしい。そしてアメリカでは、弱い者などに誰も同情しない。ベティは、現在でもリュウマチの気があり、冬になると得体の知れない痛みに悩まされている。そんな調子でハイスクールも精勤ではなく、また頭もよくないので、成績は下の方で過ごした。家へ帰ると、極端にきれい好きな母が、彼女のだらしのない性格を責めた。

「母が生きている限り、私はいつもいらいらして不幸だった」

と彼女はいっている。いつも母から、お前は価値のない人間だといわれていたもので、彼女はそれを半ば信じている。しかしその半面、褒められることが大好きである。こうしたことも、すべては、自分に対する自信のなさから来ているものと思うが、彼女はまた、自分にないものに強い憧れを持っている。

例えば頭脳。彼女は日本人をあまり知らない。ハイスクール時代に一人の日本人の男の子がいたが、彼は四百人中のトップだった。それと、主人が家でいつも遊んでいるのにＡばかり取ってくることや、私が家事やアルバイトをしつつマスターの学位に近づいていくのを見ているうちに、日本人とユダヤ人は世界一頭のよい人種だと決めてしまった。イタリア人が下宿すれば、イタリア人を一番と決めたかもしれないのだ。

というのは、彼女は外国人に対する憧れが強いからだ。外国人の男の子たちとデイトしたくて、ワシントン大学のコスモポリタン・クラブに入ったのだが、あまりかまってもらえず、アメリカ人の男の子で我慢しなければならなかった。今でも、私たち以外の外国人は、皆自分たちの方が偉いと思ってスノービッシュ（snobbish）だ、と怒っている。世界中どこへ行ったって、生活は生活。皆、同じよ、と慰めるのだけれど、彼女の本能的な外国崇拝は打ち消す術もない。

それと同じ理由で、彼女は学位とか、インテリジェンスとかいう言葉が好きである。彼女がそんな話をする度に、主人は、人間の価値は学位では決まらない、と一笑に付すのだが、もし彼女のいっている通りに、彼女がフィアンセ、アル・ラインウェーバー（Al. Leinweber）を撰んだ真の理由の一つが、彼が歯科学校の生徒で、将来ドクターと呼ばれるようになるからだ、というのなら、それでもいいのかもしれない。

彼女はまた、自分の顔をきれいだと思っているらしい。外出の前はおしゃれに夢中で、

アルのクルマの傍で。左からベティ、アル、著者

用事をたのもうと思って話しかけても返事をしない。時々、鏡に見入って、「なんて美しいんだろう」などといっている。私は彼女が本当にきれいかどうか解らない。長く一緒に暮らしていると客観的な評価はできないものなので、初対面の日にどう思ったかを考えてみる。

初対面の日、それはすなわち部屋の検分に来た日だった。あの日、私はドアを開けてくれた痩せた青白い女の子を見て、〝家主〟のはずなのにずいぶん子供だな、と思ったのを覚えている。それから、病気なのかしら？　よさそうな人だから一緒に暮らしていけるかもしれない、とも思った。しかし、きれいな人だと思った記憶はないのである。だから私は、彼女は自分で思うほど、きれいではないに違いない、という意見を持っている。しかし、アルが彼女を撰んだ理由は美しいからなのだそうだから、あるいはそうなのかもしれない。

奇妙なことに、彼女は私もきれいだというのである。はじめはお世辞かと思ったが、話の途中でいきなり、「あなたはなんてエキゾチックで美しいんだろう」などといい出すので、本気にそう思っているらしいと気がついた。私は日本にいた時、一度もきれいだなどといわれたことがないし、現実にそうではないので、ベティにはじめてそういわれた時は、嬉しいよりも腹立たしくなった。しかし、美というものはしょせん稀少価値で、東洋人の少ないこの町では、私の顔がエキゾチックであることだけは間違いない。そこで、今のうちだと思いつき、エキゾチックな自分に自信を持つことにした。せめてセント・ルイスにいるうちは、というほどの意味である。ときどきベティを褒めると、彼女も褒めてくれるので、今では、専らきれいだと褒めることにしている。

ベティの婚約者・アル

主人は朝食をベッドの中で食べる。もとは顔も洗ったものなので、本人にいわせると進歩したのだそうだ。はじめベテイは、私が毎朝お盆にコーヒーやら卵、トーストを乗せて運ぶのをけげんな顔をして眺めていた。ご主人が奥様のベッドに朝食を運ぶのはあるが、奥様がご主人に運ぶのは聞いたことがないというのだ。それがまあ一番顕著な例だったが、そのうちにベティは一事が万事、主人の習慣が彼女たちの習慣と反対なことに気がついた。女のために戸を開けない。椅子を運ばない。皿を洗わない。要するに、なにもしないのである。彼女は物珍しいファッションでも見るようにそれに飛びついて、アルに私たちの習慣を得意になってしゃべった。彼はジョークでも聞くように、にやにやとしていたが、そのうちに、

「日本人は正しい考えを持っている」

といい出した。アル自身はアメリカ男子の粋を集めたような青年で、二百ポンドもある太った体を駆使して庭の芝刈り、台所の床掃除、皿洗いを、ベティがソファに横になって雑誌を読んでいるうちにしてくれる。彼の帰った後、ベティはよく眼を輝かせていったものだ。

「アルは天使! 私がプリンセスのように、横になっている間に、台所を全部片付けてくれたわ」

ところが長い間に、そのアルが、だんたんと主人の真似をするようになったのである。前は買物のお供を頼むと喜んでついてきたのが、例えばＹＭＣＡでバザーがあるから連れて行ってというと、まず、

「キョウコも行くのか?」

と聞く。

「行く」

というと、

「ヨシヒロも行くのか？」

と聞く。

「ヨシヒロは行かない」

と答えると、

「それなら自分も行かない。男はそういう場所に行く必要はない」

といった調子である。

今では、彼女はうちの主人がアルに悪影響を与えたのを悔やみ、日本では女の方が早く死ぬのだろう、などといっている。

アルの劣等感の原因は、頭が悪い、そして太り過ぎていることである。彼はキャンサス・シティ（Kansas City）の生まれで、セント・ルイスに下宿して、セント・ルイス大学の歯科学校に通っている。ベティと交際して二年になる。無駄なことは一切考えない性格で、暢気な好人物だが、太っているのをよほど気にしているらしい。いつだったか皆でテレビを見ていたら、異常に太った俳優が出てきたので、私はつい、

「誰？　あの太っているの」

といってしまった。そうしたら、とっさにアルがへっへっへっと変な笑い方をして私の顔を見たので、私はなんのことやら解らなかったが、急に彼もまた太っていることを思い出した。そういえば、始終ベティに「太り過ぎていて申し訳ない」と謝り、彼女は、いいえ、あなたはfatなのではない、huskyなのだ、と慰めている。彼は一九五五年の正月を期して減食をはじめ、好物の馬鈴薯も甘い物も一切口にしないといっているが、少しも体重が減らないところを見ると、蔭で食べているのかもしれない。

彼は、土曜日と日曜日はほとんど家に来て、テレビを見たり、ベティと映画に行ったりしているが、ウィーク・デイでも、一晩おきぐらいに来る。来ない晩は電話で一時間ほどしゃべる。彼の下宿の電話は公衆電話なので、使うと十セント払わなければならない。そこで、毎晩彼は家の電話を一回ジーッと鳴らすだけで切ってしまう。これが合図なのだ。ベティの電話は家庭用なので料金も安いから、この合図があると、すぐに彼女の方からかける。手っ取り早く彼女がはじめからかけないのは、女の威厳を保つためだそうだ。

アルは、体も精神も、まったく健康そのものである。無駄なことは一切しない。彼は四年前に中古自動車を売っている友人から、四十六年のシボレーを百二十ドルで買って乗り廻しているが、この四年間に修理に一セントも費やしたことがない。私たちのように、この三年間に三台も買い替え、中古車を維持する困難さを痛感している者には奇蹟みたいな話だが、それも、アルが買う時に、見掛けにだまされるような〝無駄〟をしなかったからである。

彼の車は同年代の同じモデルに比べても、外見は一段とみすぼらしい。ブルンブルンと音をたてるが、しかしそのエンジンは牛のように逞しく、よく走っている。時には故障を起こすこともあるにはあるが、そんな時は私たちのようにすぐガレージに修理を頼む代わりに、自分が車の下に入り込み、真っ黒になってあちらこちらをいじるのである。それでも直らない時は歩く。そしてまた、次の日に別な箇所を修理するのである。

まったく彼の車は、彼の性格をよく現している。恋人に電話をかけるために毎晩十セントを払うのも〝無駄〟の中なので、新手を生み出したことは前述の通りだが、電話をかける必要が生じると、どんな遠くからでも、必ず家へ車を運転してやってくる。そのガソリン代と十セントでは、いったいどちらが安くつくのかは疑問だが、ベティの家に安い電話があるのに十セント払うのは〝無駄だ〟という彼の確固たる意識は動かしようもない。

彼はまた、ベティ以外の女性には眼もくれない。そんな〝無駄〟をする労力があるなら、自分たちの愛情の建設に向けた方が賢いというのだ。だからもちろん、文学とか古典音楽などは好かない。無駄な理窟が含まれているからだ。食物の趣味も極端に狭い。牛肉とにわとりと馬鈴薯が主な好物で、豚や魚を食べる人間は変だと決めている。同じものを繰返して食べ、決して飽きない。レストランに入ってメニューを眺め、高いと思うと、立ち上がって、また別なレストランを探す。

……と、こう書いていくと、アルは極端なけちん坊のようにきこえるが、そういうわけではない。というのは、彼は将来歯科医になっても、無駄に収入は増やさないと宣言して、金持ちになりたがっているベティをがっかりさせたからだ。医者の貴重なアメリカでは、やり方によっては将来金持ちになることも可能なのに、必要以上に金持ちになることは神の意に添わないというのだ。だから、アルの理想は、騒音から離れた小さな町で、小ぎれいな歯科医院を開業し、子供をたくさん作り、それを養える程度に金を稼ぎ、教会のアクティヴなメンバーになりたい、というのだ。

冷静に考えると、これはベティの理想からはだいぶ遠い。まず彼女は熱心なクリスチャンではなくて、毎日曜に教会へ行くのは〝アルが行こうというから〟で、それに〝教会に行くとなんとなく保証が与えられたような気になる〟からだ。しかしアルのようにキリスト教が唯一絶対などとは信じておらず、仏教や回教にも興味を示す。文学や古典音楽も、芸術ならなんでも好きで尊敬している。口では倹約しなければ、といっているくせにかなりの浪費家で、小さな町に住むのは大嫌い。いつも空想的な〝無駄〟なことばかり考えている。しかし、人間は自分の性格とは反対なものに惹かれるというのはどこでも真実で、ベティとアルはその性格の差の故に調和していけるのかもしれない。

ただ私の意見は、私たちがベティを好きなのは、彼女の生活に〝無駄〟が多いからであり、アルが勉強するくせにいつも落第を心配しているのは、〝無駄〟なことを考えない習慣が、頭脳を害すのではないかと思うのである。そして、お互いの自分に対する自信のなさが、片方は、自分にないものには何にでも憧れを持つように表現され、片方は、自分のつつましい生活に満足するだけではなく、自分の生き方以外は皆、変な生き方だという信念に導いていくというのは面白い。

セント・ルイスの隣人たち

開放的なジラード一家

ベティの家の左隣りには、同じようにくすんだ煉瓦造りの二階建がある。五米ほどの狭いドライブ・ウェイを隔てて、すぐにこちらのリヴィング・ルームの窓とあちらのリヴィング・ルームの窓と向かい合っているので、レースのカーテンを通して家族の団欒が見えることがある。その家族はジラード（Girard）一家である。夫妻のほかに、ローズ・マリイ（Rose-Marie）という十三歳の女の子、ロジャー（Roger）という八つの男の子がいる。本来の家族はその四人なのだが、ジラード家には来客が多い。夫人の両親、ジラード氏の兄弟、または友達が、ウィークエンドになると来て泊まっていく。そこでジラード夫人は始終シーツの洗濯に追われている。野心的な女性のあまりにも多い中で、彼女は最もよい意味の家庭夫人だ。

彼女の一番気にかけているのは、建築事務所に勤めているご主人と子供たちの健康と幸福である。外出もあまり好きではなく、日曜の朝一家揃ってカトリック教会に行くほかは、土曜の夜一週間分の食料を買い出しに行くだけで、あとはほとんど家にいて家事に励んでいる。週に二日、裏庭いっぱいに綱を張って洗濯物を干す。タオルやテーブル掛けなどもピンと張って干してある。ジラード氏は毎晩六時に帰宅するが、食事の支度のできるまでゴルフをする。もっとも、狭い裏庭でのことで、ボールも使わずただクラブを振るだけなので、体操するといった方がよいかもしれないが。

彼は若い時から筋肉痛に悩まされていたが、このゴルフ体操をはじめてからおさまったのだそうだ。中背の目立たない男性だが、笑った時にその穏やかな気質がにじみ出る。彼は皿洗いや洗濯は手伝わないが、裏庭の芝刈りや立木の手入れはする。立木といっても彼の分は一本しかない。夏になると夫人がその下に夕食のテーブルをしつらえる水蜜桃の樹である。そして残りの樹々は、実はベティのだ。これらの樹々は彼の家の裏庭の境にあるのだが、誰も手入れする者がいない。うちの主人が本当は責任者らしいのだが、

「俺が男だからという理由だけによって働くのは意味がない。そんなことをすると頭が悪くなる」

と放言して取り合わないので、ジラード氏が快くひき受けてくれることになったのである。でも彼は私たちに、「してあげますよ」といったわけではない。ある日曜日の午後気がついたら、ジラード氏がローズ・マリイとロジャーを動員して、不用な枝を切りはらっていてくれたのである。彼が樹にはしごをかけて枝を切り落とすと、ロジャーとローズ・マリイが束ねた枝になわをかける。私がバス・ルームのブラインドの隙間からそっと覗き見していると、ベティもすぐに気がついて、

「まあ、なんて親切な人たちだろう」

と溜息をついた。結局私たちとしては、今さら手伝いにいくのも恥ずかしいので、ブラインドをしめたままそっとして、その問題には触れないことにした。

ベティと私は、褐色の髪をした小柄なジラード夫人が、この隣近所で最も優しい人だということについては意見が一致しているが、彼女の生活そのものについては同意しない。彼女の、家事に没頭した忙しいけれど平和な生活を私が称讃するのに反し、ベティは朝の七時から起きて洗濯をはじめる女性など堪らない、それが幸福なものであるなど

とは考えられないという意見だ。

〝聖家族〟バーン一家

家の右隣りには、ベティと私が〝聖家族〟と呼ぶ一家が住んでいる。本名はバーン（Byrne）というアイリッシュ系の家族で、エムリー・アン（Emlie Anne）という娘とキャサリーン（Kathleen）という妹娘がいるのだが、私たちは彼女たちの名前をついぞ呼んだことがない。姉娘の方はきれいな上に金持ちなので、ハイスクール時代から種々の行事のクイーンに撰ばれて、ほとんど家におらず、〝隣りの家の女の子〟というと、妹娘を指すことになっている。

不幸にして彼女の方は姉とは違っていて、寄り目で言語障害がある。不器量なので、両親はそれを補うために莫大な金を彼女の衣裳にかけている。保険会社に勤めているバーン氏は、よい地位を会社内でも持っているらしい。彼女の普段着はクレイトン（Claton）という隣接の高級品ばかり売る町で買い、よそ行きのはニューヨークの五番街からわざわざ取り寄せるのである。誰でもがこんなことができるわけではないので、近所の女の子たちは、誰もキャサリーンの顔は見ないでその洋服だけを羨み、噂している。

この家族が〝聖家族〟と呼ばれるわけは、といっても命名者はベティと私だが、彼らが極端に宗教的だからだ。彼らはカトリックだが、毎日曜に教会に行くのはもちろん、週末以外も毎朝七時に一家揃って教会へお祈りに行き、バーン氏はそれから会社に行くのである。それは結構なのだ。しかしカトリックの有力な家族の出であるバーン夫人は、すなわち彼女の兄弟や親戚の多くが偉い司祭であったり修道女だったりするので、彼女自身もなんとなく普通人よりは神に近いような心持ちになっているらしい。そして、その態度がご主人にも娘たちにも反映して、隣近所から敬遠されることになってしまった。ことにベティの家と彼らとは、十五年近くも交戦状態にあった。

話はベティが子供の頃にさかのぼるが、きれい好きな彼女の母、ブラウン夫人はなによらず人に汚されるのが大嫌いで、隣りの女の子エムリン・アンが裏庭へ入って来る度に、出て行け出て行け、と怒鳴りつけた。憤激したバーン夫人は、一度ブラウン夫人と大喧嘩をし、それ以後両家は絶交してしまった。顔を合わせても、お互いに口もきかなかった。しかし五年前にブラウン夫人が亡くなった時、これ以上不和を続けるのは神の御心に添わないと思ったのか、バーン夫人は「仲直りを致しましょう」と印刷したカードをベティに送ってきた。これはなにも彼女がわざわざ印刷させたわけではなく、十セント・ストアーに行けば病気見舞、イースター、季節の挨拶等々種々のカードを売っているので、そこから抜いて来たのである。

それ以来、両家——彼らと、こちらは孤児になったベティの話だが——は、逢うと挨拶するようになった。ただハローというだけの短いあいさつではあるが。この不和の飛ばっちりを受けて、彼らは私たち夫婦にも冷然とした態度を維持している。異教徒である上に、日曜の安息日に洗濯物を庭に干したりするからかもしれない。ともかくも二年経っても見知らぬ人間を見るような眼を向けるので、こちらも、もちろんそのように応待することにしている。

ジラード一家は開放的で、始終なにかの物音がこちらに伝わって来るに反し、バーン家はひっそりと陰気に暮らしている。昼間でも窓のブラインドを全部下ろしているので、内部の様子はうかがうべくもない。たぶん昼間でも電燈をつけているのであろう。たまに台所のブラインドが開いていることがあるが、私がこちらの台所の窓際に立って仕事をはじめると、バーン夫人はガシャリと容赦なくブラインドを下ろしてしまう。

一ヶ月に一回パーティを開き、その時にはブラインドを開けるが、ベティがこちらのを下ろしてしまうので結局はなにも見えない。彼らの友達も金持ちばかりであることは、パーティに集まる自動車を見ればわかる。ほとんどが新車で、モデルもビュイックだのキャデラックだ。降りて来る婦人たちも着飾っている。しかしベティは、ブラインドの隙間からそれらを眺めつつ、

「可哀そうに」

とつぶやく。

「あれはみんな借り物なのよ」

「えっ？」

「好い洋服を着たり、新しい車を持っている人たちのどんなに多くが、ローン・カンパニイ（loan company）からお金を借りているかを知ったら、あなた驚くわ。本当は自分の物でもない高価な洋服を着てまで、周囲の人に追いついて行こうとするのは愚かだと思うわ」

「もちろん。でもあなたのいっているのは、月賦のことなんでしょ？」

「月賦だけじゃなくて、その他にお金も借りるのよ、利子付きで。だから何年たってもどんなに稼いでも、まだ足りないと前進しなけりゃならないのよ。私のハイスクール

の時の友達にそういう人がいるわ。テレビや新しい冷蔵庫、新しい洗濯機、なんでも新しいモデルが広告されるたびに、欲しくてしかたがなくなるの」

「なんのために？」

「ただ新しいものを持つためによ。それで彼女は、最近買ったばかりの物と交換して、新しいのを買うの。代金を払い終わることなんか一生ないでしょう。ただ新しいのと取り替え取り替えして、いつまでたっても終わらない月賦を一生払いつづけてゆくだけよ」

ベティも私も元来がおしゃべりなので、こういう話をはじめたらきりがない。ことに他人の批判には、熱を帯びてくる。二人とも好奇心の強い方なので、バーン一家がどんな風に暮らしているのか知りたいと思うのだが、ブラインドを下ろした窓の外部から窺う術もなく、たぶん〝聖い〟暮らしをしているのだろうと推察している。

孤独な老婦人

家の正面には、ローパー夫人（Roper）という老未亡人が独りきりで住んでいる。ご主人は左官屋だったが、働き者で何十年もこつこつと貯めたあげく現在の家を買った。

しかしそのご主人も十年ほど前に亡くなって、彼女は独りで暮らしている。彼女は極端に人間嫌いで、ブラインドを下ろした薄暗い家の中に閉じこもったまま、近所の女たちの井戸端会議にも加わらなければ、芝生に蔽われた小さな庭にもめったに出てこない。

娘夫婦が近くの田舎町に住んでいるが、二ヶ月に一度くらいの割でたずねて来るほかは、来客もほとんどない。自動車も持っていないので、他に交通機関もないこの辺では、外出もしないことになる。近所では彼女のことを〝変わり者〟扱いにしているけれど、彼女の性格がひねくれているわけではなく、むしろ歳と共にしだいに内面的になっていって人を避け、自分の中に閉じこもるようになってしまったではと、私は彼女と初対面の時に感じた。

それはもう一年以上前のことだが、ある日主人が昼食をすませてから実験室に行こうとして、うちのドライブ・ウェイから自動車をバックのまま通りへ出た。その頃私たちの持っていた車はフォードの四八年で、後の窓が小さくて後方が見にくい上に、ローパー夫人の家の前には他の車がほとんど停車していなかったので、主人は不注意にぐっとバックした。ところが、運悪くその日は娘のご主人の車が停車していたので、うちの車はその車をかすり、フェンダーをちょっとへこませてしまった。こんな時の交渉役はいつも私なので、主人はすぐに「お前行ってこい」と命令した。こわごわ玄関のベルを鳴らすと、ローパー夫人が出て来て私の話を静かに聞いた。そして、

「心配はいりません。保険会社がうまくやってくれるでしょう」

と低い声でいった。背は私よりちょっと高いくらいの小太りの老婦人で、顔をうつむけたまま話すので、私は彼女の眼を見ることはできなかったが、内気だが芯は温かい人に違いないという印象を受けた。

帰ってベティに話すと、彼女もローパー夫人は本当はよい人なのだ、と同意した。しかし、ご主人の死後ますます内向的になってしまって、一年に一度庭で獲れた水蜜を持ってたずねるたびに、夫人のその傾向はひどくなっていくのだそうだ。ああやって独りきりで暮らしていないで、養老院にでも入って、他の老人たちと暮らした方がいいのではないかと思うとベティはいった。ちょうどその時は水蜜の季節だったし、自動車事故のこともあったので、ベティは裏庭の果実をたたいて落とし、紙に包んで、一年に一度の定例訪問にでかけていった。

その日帰ってくると、ベティは、ローパー夫人がいろいろ私たちについて質問したと告げた。そして、

「こんな遠くまで遥々勉強にこられる人たちは、本国では貴族にちがいない」

といったそうな。主人と私は声をたてて笑った。

それにしても、カリフォルニアでは、東洋人と見ると、一般のアメリカ人は自分たちより一段下の〝移民〟と見たものである。京大の教授が視察に来られて、バークリイ（Berkeley）のインターナショナル・ハウス（International House）の近くを歩いていたら、庭に立っていた一人のアメリカ人に呼びとめられて、「この芝生はちっとものびないのだが、どうしたらよいか」と質問されたなどという話もあった。教授を日本人移民に多い植樹屋と思ったのである。環境が変わると周囲の受け取り方も変わってくるもので、ここで私たちは、ついに〝移民〟から〝貴族〟に昇格したわけだ。

また、ローパー夫人はベティに、ミセス・カトウは始終小包を受け取るが、あの中にはなにが入っているのかと聞いたそうで、見かけによらず案外好奇心の強いお婆さんだと、この質問は私を驚かせた。

「だから私は、ミセス・ローパーに答える義務があるのよ。小包の中にはいったいなにが入っているの？」

とベティが聞くので、私は、

「あら、いつもあなたに見せているじゃありませんか」

といいながら、ローパー夫人の興味を刺激した多くの小包は、私の母、ことに主人の母や姉たちから送られて来るもので、中にはノリ、緑茶、羊かんから手拭いや下着まで入っているのだと説明した。

それにしても、どうしてローパー夫人が小包のことを知っているのかという疑問が私の頭に浮んだ。郵便屋もしくは小包会社の配達員が家のドアの前に立ち止まり、ベルを押して、私からサインと税金の十五セントを受け取って去っていくまで、二分か三分しかかからない。しかもその二、三分が日によって十時からになるか、十一時からになるかわからないわけだから、他人のことをいちいちそう待っているわけにもいかない。そうすると、ローパー夫人は一日のうちかなり長い時間、戸外の出来事の見える位置に座っているに違いないのだ。

夫人の家で私たちの家に向いた側には、二つの窓がある。一つは入口のドアについている小さな覗き窓で、もう一つはリヴィング・ルームの窓である。その窓にはブラインドが下りているが、彼女はその蔭に座って、ブラインドの隙間から通りで起ることの総てを見ているに違いない。

そう思って注意していると、夕暮れ近くになると、その窓辺にスタンドの灯がつくことに気がついた。それが家でのたった一つの灯である。しばらくするとその灯が消えて、ずっと奥に灯が薄暗く燈る。ローパー夫人が台所で食事の支度をするらしい。またしばらくすると、その遠い灯がやや近づいてくる。ダイニング・ルームで食事をしているに違いない。そして夜も更けてくると、灯は例の窓辺に帰ってくる。一度に一つしか電燈をつけない暗い家の中で、毎日毎日規則正しく、これという刺激もなしに、ローパー夫人はなにを考えて暮らしているのだろう。昼間でも、なんの気なしに眼がそちらに向くと、人がいるのかいないのか解らない、だが確かにいるに違いない窓を見て、私の心は暗くなった。

ある土曜日、郵便箱に郵便を取りに出たローパー夫人と、偶然その前を歩いていたベティが出会って、誰か下宿人を置くようにすすめたといった時、私はその思い付きを褒めた。ついでにベティは、アメリカ人の学生は騒々しくて利己主義だから、外国人学生を置くようにすすめたといい、それにも私は同意した。「でも、私の所などに来る人がいるでしょうか」とローパー夫人はいっていたそうだが、もし誰かよい外人学生でも見つかれば、彼女も孤独から救われるというものである。

謎のダンサー、アリス

〝聖家族〟のバーン一家の隣りにはアリス・オハラ（Alice O'Hara）が母親と二人で住んでいる。母親は中風で、ここ何年も床についたままなので面識がない。アリスは独身で中年のダンサーである。

ダンサーといっても、客の誰彼と踊るわけではなく、サルバドー（Salvador）というスペイン人のパートナーと二人でドマーとドニス（DeMar & Denice）という芸名を使って、ホテルの食堂や大きなパーティで社交ダンスをずっと華やかにしたのを踊るのである。テレビにはほとんど出たことがないので、私たちは彼女のダンスを実際に見たことがなかったが、去年、一年に一度セント・ルイスで行われるテッド・マック（Ted Mack）が実況テレビをした時に見ることができた。

それはセント・ルイス中の目ぼしい素人芸人を集めた、何々ハイスクールの合唱団とか、主婦のピアノとか、いわばセント・ルイスの学芸会みたいなものだが、その中でアリスだけが職業的な芸能人として現れた。玄人と素人の差はあまりにもはっきりしていた。スポット・ライトをぐっとしぼった円形の光の中で、黒のタキシードのサルバドーと白のイブニング・ドレスのアリスは顔がはっきりせぬだけに、光と影がたわむれているように美しく、若い女性の夢をさそうに充分だった。日頃からアリスに憧れているベティはちょうどその夜、夜勤でテレビが見られなかったのを残念がり、あとから根ほり葉ほりいろいろの質問をした。

二十年の踊りの経歴を持つアリスの舞台はほとんどニューヨークで、たまにセント・ルイスの公演に帰る時以外は、めったに家にいたことがなかった。その留守中、彼女は病気の母親をスミス夫人（Mrs. Smith）という家政婦に託してゆく。中古の毛皮外套を着た五十過ぎの未亡人である。

そしてたまにセント・ルイスに帰ってくる時には、パートナーも一緒にやって来て滞在する。彼女とパートナーがいったいどういう関係にあるのかということが、長い間ベティの関心の的だった。夜など前ぶれなしに訪問すると、二人ともナイト・ガウンのままでリヴィング・ルームに座っていたりする。でも二人が同じ寝室を使っているのではないらしい。なぜならアリスの部屋は二階の右側で、パートナーの部屋は左側だからと、これはベティの表現である。

しかし、二人が別々の寝室を持っているとしても安心はできない、といってから、ベティはにやっと笑った。そのうちに彼女は、アリスのスペイン人のパートナーの故郷は南米のコロンビアだということを調べてきた。しかもそこには奥さんや子供もいるらしいというのである。仕事の合間に彼は行ってくるらしい。しかし二十年もの間、男と女がパートナーとして一緒に踊っていれば、なにか特別な関係が生じないはずはないというのがベティの信念なので、私もまあそうかもしれないと思っていた。彼らの生活の概略をつかんだ後も、アリスの所へ行くとニューヨークの珍しい話や、ファッションやきれいな洋服が見せてもらえるといって、それらを別に彼女の生活に取り入れるというわけではないのだが、ベティはたびたびアリスを訪問した。

私自身は、ベティほどアリスに興味を示さなかった。私もアルバイトでホテルやパーティで日本舞踊を踊ったりする。踊っている間こそ人々の視線をひくが、終わって外へ出れば、やはり自分の〝生活〟しか残されていないことを知っているからだった。

一年ほど経つうちに、アリスの姿をたびたびセント・ルイスで見かけるようになった。彼女が帰って来るたびに台所の窓から覗いていたベティも、もうあまり珍しがらなくなった。そのうちに私たちは、アリスが独りきりなのに気がついた。裏庭に洗濯物を干したり、窓を拭いたり、今まで見たことのなかったアリスの家事姿が見られるようになった。

ベティの訪問の結果、アリスもパートナーも健康が思わしくないということがわかった。長い間、夜働き昼寝る生活を続けたからであろうか、髪がよく抜けるそうだ。パートナーの方は、卒倒をするのだそうである。でも、彼が今どこにいるのか、そして、いつかまたあのダンスをはじめるのかについては、アリスはなにもいわなかったそうだ。ただ彼女は、ベティに淋しいといったそうだ。今になって家庭を持たなかったことを後悔している。そしてそんなことをいうのは、アリスの賑やかな性質としてはよほどのことだったろう。

ベティは、自分は美しいドレスは持っていないが、でも結婚してくれるアルがいるから、自分の方が幸福だ、と私に語った。そして私とベティは、彼女のパートナーが南米から帰るのを待っていたが、彼はまだ帰って来ない。ベティもいつか訪問を止してしまった。

騒がしく貧しい東のブロック

これらの家々のあるブロックは、郊外の中でも比較的古い地域で、メープルの大木の並木が道路の両側に蔭を作っている。建物のほとんどは煉瓦造りで、どの家も同じ大きさの芝生を持つ、質素な、しかし中流階級の落ち着きを持った区域である。その次のブロックは、小学校とその運動場が占めている。

しかしそれからもう一ブロック東へ下ると、事情がひどく変わってくる。一口にいえば、騒々しくて貧しいのである。ほんの少しの距離の差で、どうしてこうも雰囲気が違うのかわからないが、私たちのブロックの家族たちに、少しでも自分たちの社会的地位を高めようとする努力、もっと端的にいえば、手のとどかないニューヨークやパリのファッションに興味を持ったり、パーティを開いたり、慈善団体に寄付をしたり、黒人の掃除婦を雇ったりする〝気取り〟があるのに反し、片方のブロックの人々にはそういうものが全然ないのである。

このブロックにも私たちの親しい隣人が何人かいるので、その人たちのことを語ろう。

雑貨屋アーウィンに集う人々

このブロックの中心は、アーウィン・ドラッグ・ストア（Irwin's）である。アーウィンというユダヤ人が持ち主で、薬、化粧品、文房用具、ソーダ、その他なんでも雑貨を売っている。彼は頭の禿げ上がった小男で、鋭い商人として定評があるが、案外小心でお人好しでもある。彼自身は薬剤学校の出身だが、医学校出身者に対して劣等感があり、もっと素直な言葉でいえば尊敬心を持っており、セント・ルイス在住の医者たちに印刷の広告物を配る時は開封にして二セント切手ですまさずに、普通の手紙と同じく三セント切手を貼る。ドクターに対してそんなことはできない、というのが彼の主張なのである。

彼はなんにしても、学問のある人間が好きで、近所の子供たちが店にやってきて、いつまでもぐずぐず遊んでいると、「勉強、勉強!」と追い返す。もちろんこの近所にアーウィンのいうことを聞いて勉強する子供などいないのだが。だからアルバイトの仕事を求めて来る子供たちで、それを学校へ行く助けにする、というような子供がいると、その子を雇うのである。五、六人いる店員のうちジョン(John)というユダヤ人の青年を気に入っているのは、彼が昼間働いて夜学に行っているからだ。ベティにいわせると、他の所では勝てないから、高等教育を得て頭脳で競争しようとするユダヤ人一般の考え方が、アーウィンにも反映しているのだという。

私にはじめて会った時、彼はすでに私がフランス語を勉強しているのを知っていたらしく、緊張した表情で、

「あなたフランス語が話せますか?」

とフランス語でしゃべった。だから私は彼が話せるのだと思って、あら、あなたもフランス語がしゃべれるのですか、それは嬉しいというような内容をフランス語で口走ったら、とたんにまごついた顔になり、自分のフランス語の知識はそれだけだ、と英語に戻った。

アーウィンは朝の九時に店を開ける。そして夜の十時まで働くのである。食事を取りに外出したりはするが、ともかく一日に十三時間も職場にいることになる。土曜も同じこと、そして日曜も九時から七時まで働く。休日は一年に一度、パス・オーバー（Pass Over）のユダヤ人祭日だけである。こんなに働いたらお金が貯まるはずだと思うけれど、ベティによると、彼は隣接のクレイトンという町に大きな家を持っていて、〝上流人のような生活〟をしているそうである。テレビで広告する新しい物をなんでも持っているというほどの意味である。もちろん使用人はいない。

アーウィンの店は、この近所でも唯一のドラッグ・ストアだし、買物の中心でもあると同時に社交の中心になっている。社交といっても上品なそれではなく、近所の噂話がなんでも聞けるというわけである。ベティはここのセールス・ガールなので、その噂話はなんでも私に伝わってくる。彼女は普通の日は九時から六時まで働くが、火曜だけは夜の十時まで働くので、事件はどうしてもこの日に多い。

アーウィンのブロックから一ブロック北に住んでいるある若夫婦が大喧嘩をしたというのも、やはり火曜の夜だった。その夜、仕事が終わってから、十時半頃、ベティは

〝オー・ボーイ！〟といいながらかけ込んできた。なにか驚いたり感心したりすると、彼女はよくこの表現を使うので、私はまたなにかあったなと思った。

「今日はなんて日だったたんだろう。三つも事件があった」

と、彼女は眼を輝かせながら話し出す。

事件一は、近所の男の子が書いた小切手が不渡りだった。大した額ではなかったが、その男の子がこれを現金にしてくれと持ってきた時、アーウィンはどうもくさいと思ったのだそうだ。でも顔見知りだからと替えてやったら、やっぱり不渡りだった。でもこれは大したことはない。父親が弁償するだろう。

事件二は、午後二時頃ミスター・マックドナルド（McDonald）が長椅子を道路に運び出したことである。彼はやはりこのブロックに住んでいる老人で、頭が少しおかしい。精神病医は医療費が高いので払い切れず、州立の無料病院へ行ったらどこも満員で、それに病状も大して重くないからと断られた。それ以来家でぶらぶらしている。

さてその日の午後、なにを思ったか、彼は長椅子を肩にかついで通りに出た。アーウィンの店の前で向こう側に渡ろうと車道に出た。その時に新しい自動車が一台来かかったが、長椅子をかついだお爺さんを通してあげようと止まった。ところがマックドナルド氏は、肩の長椅子をその自動車にたたきつけたのである。中には二人の男が乗っていたが、激怒した二人はマックドナルド爺さんを車内へひきずり込み、そのまま警察署へ連れていってしまった。マックドナルド氏も確かに悪いことはしたけれど、相手の男たちも彼をこづきまわした。本当は、そのことを法廷に出て証言すべきなのだけれど、問題にまきこまれるのは嫌だから、ただアーウィン・ストアのショウウンドウから見ていたというのが、ベティのしめくくりの言葉であった。

事件三は、例の夫婦喧嘩。九時半頃女の方が突然、

「殺されるー」

と悲鳴をあげながら飛び込んできた。アーウィンとベティとジョンが何事かと顔を上げたとたんに、ご主人の方が飛び込んできた。こぶしを振り上げてなぐろうとしているのである。奥さんはカウンターの端から端へと逃げ廻る。一度はアーウィンが薬を調合する台の後へまわった所をご主人が一撃を与えたのでびんが飛び散り、赤や白の粉末が床にばらまかれた。女のベティが足がすくんで無意味に逃げまわっているのはよいとして、いくら奥さんが叫んでもアーウィンもジョンも助けない。ついに彼女は髪をつかまれ、顔にげんこつを受けて鼻血を流し出した。そしてそのまま腕を引っ張られて連れ出

された。二人の出て行ったあと、アーウィンは、

「他人のけんかに手出しはしないものである」

といったそうである。そして、

「警察へ電話かけましょうか？」

というベティを制して、

「あれは犯罪ではない」といった。しかし、どういう訳か知らないが、アメリカには夫を殺す妻、妻を殺す夫が多いので、この夫婦もこんな喧嘩を重ねていると、犯罪へのきっかけにならないものでもない。

ベティはその夜恐怖から解放された昂奮で、生き生きと事件についてしゃべったわけである。

出入りの激しい〝田舎者の家〟

アーウィン・ストアの一軒置いた隣りには、木造のお化屋敷みたいに古い家がある。二階建のかなり大きな家だが、ペンキははげ落ち、ガラスはこわれて新聞紙が代用、屋

根瓦もところどころ落ちている。住人があまりたくさんいる上に始終変わるので、誰も名前を覚えていない。ただ一まとめにして〝田舎者〟と呼んでいる。その家は田舎の人たちが最初に都市にやってきて、しばらくの足だまりに使う家の一つなのである。仕事を見つけた者は、家族を連れてもう少しましな所に移っていくし、中には都会生活を辞めて田舎に帰っていく者もいる。しかし都会生活に憧れて、ほとんど無一文で田舎をとび出してくる家族が後をたたない。

そういう家族は、田舎でもまともに暮らせないくらい貧しい人たちだし、都会へ行きさえすればなにか職があると思ってやってくるのだが、職は簡単には見つからない。教育もないし、技術もないからである。それにどういうものか、都会人は〝田舎者〟を馬鹿にする。彼らのしゃべり方は、それがどこの州から来たかまでは判らないまでも、ともかくどこか遠い田舎から来たということをはっきり表すし、態度もなんとなく違う。

セント・ルイスの人間などそう大した都会人でもないくせに、そういう人たちに会うと異分子扱いにするので、どうしても職を得る機会が少なくなるのである。彼らは、たまにアーウィン・ストアにやってきても用だけすますと帰ってしまうし、こちらからも話しかけないので、なにもわからない。ただ、時々〝田舎者の家〟にまた新しい子供が増えたというようなことを耳にするだけである。子供はすぐわかる。はだしのまま道路で遊んでいるからだ。

底なしのお人好しフリーダ叔母の暮らし

このブロックには、ベティの死んだ父親の妹、フリーダ叔母さん（Aunt Frieda）が住んでいる。隙だらけのお人好しで信心深い。教会は一種の社交機関でもあるのだが、なるべく立派な教会に属したいというような望みは持ったこともないらしく、彼女の行くのはすぐ近所の小さな木造のルーテル教会である。建物の豪華さとか、集まる人の洋服には眼もくれず、ただ真心こめて神にお仕えするのがよいのだと信じている。ひどく無欲で、余分なものは全部教会へ運んでしまう。といっても、彼女は金持ちではないのである。むしろその反対で、彼女は財産というものは持っていないし、銀行の貯金通帳とも縁がない。

二度結婚したのだが、二度とも主人に働きがなく、未亡人になってからは三人の子供を育てるのに苦労した。子供たちが家庭を持ってからは、今度はそれぞれの生活に忙しく母親を助けないので、彼女は独りきりで小さな木造の二階家に住んでいる。この家だけが彼女の財源で、二階をアパートにして月五十ドルで貸しているのである。

五十ドルでは二週間くらいしか暮らせないけれども、それでもきちんと入ってくれば大きいのだけれど、彼女は運が悪く、どの下宿人もきちんと払わない。二、三ヶ月家賃が遅れるのはまだよい方で、一度などは五ヶ月もためた上にフリーダ叔母さんが外出先から帰ってみたら、二階の家族はもういなかった。次のはもっとひどく、家賃を滞納した上に、カーテンやカーテン吊りの金具、台所の壁紙まではがして逃げてしまった。でもそんな時の彼女は警察に届けず、すぐに諦めてしまうのである。話をきいたベティや私が憤慨しても、叔母さんは側でひとりで笑っている。

「そんなだから、人に利用されるのよッ」

と、ある時ベティはどやしつけたものだ。

フリーダ叔母さんは、アパートからの収入のほかにベビイ・シッター（baby sitter）をして生計をたてている。子守である。これは労働が楽なだけに収入は少なく、一時間五十セントにしかならない。それもいつもあるわけではないし、アパートからの家賃も定期的でないので、時には四十セントくらいしかないこともある。それでも平気で、な

にも食べずにお腹を空かしたまま、

「私は本当に幸福だ」

といっている。好い子供たちを持って仕合わせだというのである。ベティは憤慨して、母親を餓えさせておくような子供たちを持ってなにが仕合わせだと、私にどなる。そして、時々食物のあまりを運んであげるのである。

フリーダ叔母さんの趣味は、手芸である。家の入口に床板の踏み抜けそうなポーチがあるが、彼女はそこに揺り椅子を置き、ギィコギィコ揺りながら紐を編んでカメレオンや亀の形を作っている。その中に石けんを入れて使うのである。またある時はハンカチに刺繍をしている。そうしてでき上がった作品を、彼女は人に配ってしまう。クリスマスやバレンタインの度に、私にもなにかくれる。

彼女の半生を振り返ってみると、決して恵まれたものではないのだが、人間は心の持ち方によって幸せにも不幸にもなるのだという例の典型みたいなものが、フリーダ叔母さんである。

彼女には三人の子供があるといったが、長女のキャサリーン（Kathleen）は、はじめの主人の子供だ。この人は飲んだくれで仕事を転々とした揚句に、妻子を残して家出してしまった。その後に再婚した二番目の主人はこれもひどい飲んだくれで、フリーダ叔母さんに苦労ばかりかけた。しかし彼女の影響で、晩年には酒をやめて真面目に働き、熱心な信者となって死んだそうで、今でも近所の模範となっている。この人との間に出来た二人の息子たちは、牧師になって田舎へ行ってしまった。どちらも子だくさんで貧乏しているので、母親を助けるどころではない。

キャサリーンも六人の子持ちで、ベティにいわせると、〝人が好いというだけで知性のないバカな女〟だそうだが、七人目の子がお腹にいる。もちろんその子たちを養えるなら何人持ってもよいわけだが、子供たちはいつもお腹をすかせてピイピイ泣いている。それというのも、ご主人が四十にもなるのに責任感がまるでないからだ。一口でいうと、自制心がないのである。テレビで新しいモデルの自動車を宣伝する、そうすると欲しくてたまらなくなって買ってしまう。買うといっても現金は持っていないので金貸しから借りるわけだが、どうせ払わないから一ヶ月後には自動車を取り上げられる。そして損をするのである。

その調子で家も買った、家具も買った。友達が「なんだ、お前のカメラはアメリカ製じゃないか。俺のは日本製だ」というと、すぐにニコンにも手を出した。そんな調子で借りられるところからは全部借金し、そのままになっている。家も立ち退かなければならない。女房の出産の費用もない。それでいて、キャサリーンに絹のカクテル・ドレスを買ってくるのである。七人の子供を持って食べさせる物も充分にないのに、どこのカクテル・パーティに行けるだろう？　でも彼は相変わらずこの〝病気〟が治らない。

しかしフリーダ叔母さんは、彼も二番目のご主人のように、末には真人間になることを信じてか、相変わらず朗らかで、ベティが食物を持っていくと、それをこっそり孫たちに運ぶのである。

敬愛される野沢夫人

一軒置いた隣りには、日系二世の野沢さんという未亡人が四人の子供と住んでいる。長男の泰斗が大学生だから、もう四十に手がとどくと思われるのに、顔にはしわ一つなく美しい。彼女のご主人は西部で剣道の先生をしていたが、戦争中はアリゾナの強制キャンプに入れられた。戦後たいていの人たちは帰宅を許されたが、特に危険とみなされる者は、カリフォルニア州へ戻ることを許されなかった。ご主人もその一人で、セント・ルイスへ流れてきたが、苦労が重なって亡くなった。

三人の子供とお腹にも一人残されていたが、野沢さんは借金して小さな洗濯屋をアーウィン・ストアの近くに開いた。そして今日では借金も返し、店も大きくして、泰斗をセント・ルイス大学へ通わせているのである。普通では、子供を抱えた未亡人で息子を大学へ通わせるような人はあまりいない。このブロックの子供たちで、大学生は泰斗一人である。あとは皆、工場で働いている。だから近所の人が不思議がるのも無理ないが、野沢夫人はすべてを犠牲にして子供たちに望みをかけているわけだから、子供を大学へ行かせるくらいは当然なのである。

こんな調子だから、彼女は隣近所から敬愛されていて、働いている間ににわか雨があると、右隣りからも左隣りからも洗濯物を取り入れに飛び出してきてくれる。

廃車バスに住む老人の高価なプレゼント

このブロックに住む人たちについて語るに当たっては、カクレル老人（Cachrel）を落としてはならない。しかし、どの家から何軒目に彼がいるかというのは難しい。なぜならば、彼は〝家〟に住んでいないからである。このブロックの東端にはちょっとした空地があって、ジャンク・ヤード（junk yard）になっている。こわれた自動車の部品やびんのかけらを捨てるごみ捨て場である。老人はそこに投げ出された、こわれたバスの中に住んでいる。

見てきた人の話では、座席を取り払い、床に中古のじゅうたんを敷いて、電燈から電話、テレビまでひいてあるそうである。便所は外へ行ってするらしく、食事も外へ食べに行く。この近所では皆が老人を見知っていて、相手にしないので遠くへ出かけていく。人々は、カクレル老人を精神異常者だといっている。しかしベティの意見によると、彼は精神異常者ではなくて、物が見え過ぎるのだというのである。詩人なのだそうだ。

ところがその彼が、私たちの家へ訪ねてくるという事件が起こった。この辺では誰も彼をドアの中へ入れる者はいないので、リヴィング・ルームに入って話していったというのは事件に違いない。もう一年半も前の出来事である。

ある土曜の朝、ベルが鳴るのでドアを開けてみたら、カクレル老人が立っていた。とたんに私はその恰好に驚かされた。赤と黒のひどく派手な、そしてボロボロに破けた上衣、つぎの当たったカーキ色のズボンにぶかぶか靴、頭にはよれよれの中折、つる薔薇

が房になって下がっており、ステッキにすがって立っているのだ。私は一目でそれがジャンク・ヤードの老人とわかっていたので、

「なにかご用ですか?」

と努めて平静に聞いた。

「ベティはいますか?」

私はちらと彼の眼を見た。恐ろしく澄んだ、鋭い、そして意地悪そうな眼だった。老人とベティがリヴィング・ルームで話している間、私は自分の部屋に閉じ込もっていたので、彼が狂人か詩人か見分ける暇はなかったが、彼の帰った後、ベティはすっかり困って私たちに相談した。

老人は、ベティにプレゼントをしたいと申し出てきたのだった。彼は、ベティと姉のエスターを小学校に通う頃から知っていた。いや、隣近所の子供たちを全部見知っていた。そしてはじめはエスターが一番好い子だと思った。ベティは高ぶっていて駄目だと思った。しかしここ数年の成長を見ていると、ベティは誰よりも優しい娘に育った。そのベティに、彼は父親のような愛情を持っている。「もう自分の人生も残り少ないから、今のうちにプレゼントがしたい」というのだそうだ。

「それで、なにをくれるの?」

と私が聞くと、ベティは笑いながら、

「自動車」

と答えた。私たちはびっくりしてしまった。あまり聞いたことのない話だ。自動車といっても、十ドルのガタガタ車から五千ドルの高級車まであるが、それにしても図体が大きすぎる。あんな暮らしをしていて、自動車を買うお金なぞ持っているはずがない。でもあまり真剣なので、気の毒になって断り切れなかったとベティはいった。

喜んで貰っておけというのが、主人の意見だった。孤独な、そして乞食のような暮らしをしている老人の自尊心を傷つけまいとするならば、快く貰い、運転を習って大いに乗り廻すがいい、というのだ。

しかしなんとも確定的な返事をしないうちに、老人はしばしばアーウィン・ストアにベティを訪問するようになった。そのたびにフリージアの花を一輪持ってきたり、化粧水を一びんくれたり、ボタンを一つ紙に包んでくれたりする。もちろんアーウィンはよい顔をしないので、ベティはだんたんと窮してきた。

それから、変なことが起こり出した。ある夜十二時頃だったろうか。床に入ってから電話のベルがけたたましく鳴り出した。ちょうどその頃、主人の弟が社用でアメリカに派遣されていたので、なにか急用かもしれないと思って、私は急いで受話器を取り上げた。ハローといってもなんの返事もない。切れているのでないことは明瞭だったが、なにかの間違いかもしれないと思って、私はそのまま電話を切った。一時間も眠ったろうか。ふたたび電話が鳴っている、また返事がない。私は急に恐怖に襲われた。

「誰です？　返事をして下さい」

と声を上げたが、相変わらずしんとしている。

寝苦しい夜を過ごして、翌朝、私はそのことをベティに告げた。そういういたずらは始終あるのだと、彼女はいった。その夜はベティが電話に注意することになった。そして三度起こされた。相手は相変わらず沈黙を守り、しかしテレビかラジオの音が聞えたそうだ。

次の夜は、主人が電話のすぐ脇のソファに寝た。そして相変わらず返事はないけれど、喘ぐ息を聞いたといった。私たちは、もちろんすぐに電話局にも警察にも通知したけれど、自動電話だからどうすることもできないという返事だった。

そんなことが一週間も続くうちに、ベティも私もすっかり神経衰弱になった。姿の見えない敵というものは、案外神経に響くものである。私たちは友達の誰彼、近所の誰彼を一人一人疑い、恨んでもみた。そのうちにベティが急に、それはカクレル老人に違いない、といい出した。ヨシヒロはテレビかラジオを聞いた、といった。老人はテレビもラジオも持っている。だいたい夜中に毎晩続けてこんなことのできる人間は、昼働いていないに違いない。だからあの老人だ。そしてベティは、長い間孤独の中に圧迫されてきた彼の感情が、歪んだ形で彼女に対して発露されているのだ、と老人に対してすっかり腹を立ててしまった。

証拠がないではないかといっても、彼女の怒りはしずまらず、彼女はすぐに老人に電話をかけて、決然とした調子で自動車をはじめ一切のプレゼントを断ってしまった。それ以来、老人と私たちとの間にはなんの絆もなくなった。昔の殻の中に固くとじこもって、道で出会っても、あの鋭い眸を他へ向けてしまう。

あのいたずら電話が続いているかどうかは、私たちは知らない。というのは主人の提案で、夜になると電話器の内側の二つのベルの間に小さな紙切れをはさんで音が出ないようにしてしまうからである。

ミセス・キャンプルマンの不幸

ジャンク・ヤードから私たちのブロックの方へ向かって五軒目に、ミセス・キャンプルマン（Kampelmann）が住んでいる。ご主人は電機器具の修理人だ。夫婦とも六十に近く病身で、ことに夫人はそこひを病んでいて、視力がだんだんなくなっていく。

この国では医療費が高く、病気にかかったら最後、場合によっては財産を傾けてしまう。ベティもアレルギーのテストをしてもらったが、二回四時間の訪問で百ドルとられた。彼女の月給は月百三十ドルだから、ほとんど一ヶ月分を費やしたわけである。保険会社もあるのだが、向こうも商売だから、キャンプルマン夫妻のように損を蒙る可能性のある人の加入は受け付けない。州立の無料病院もあるが、ミセス・キャンプルマンは家を持っているという理由で断わられた。

私とベティは常々、医者の料金があまりにも高いことを批判している。ここでは医者というと金持ち、ということになっている、近代的な家を建て、新しいものを買う。その意見をアルにいったら、彼は猛然と反駁した。彼は将来ドクターになるのだから当然かもしれないが、彼の意見によると、医者になるためには高い月謝を払って長い年月学校へ行き、激しい勉強をしなければならぬ。もとがかかっているのだから、高い料金をとるのは当たり前で、そういう見地からすれば料金は決して高くない、というのだ。しかしそういうことをいえば、高い月謝を払い、苦労して勉強しているのは私たちも同じで、それは私たち自身のためにしていることであり、その技術を使って将来金をもうけようと思っているだろうか?

さて、ミセス・キャンプルマンの悲劇はフリーダ叔母さんと反対で、自分を不幸だと信じていることなのである。昔は熱心なカトリック教徒だったが、病気をするようになってから、その教会から追放されてしまったのが大きなショックだったらしい。

見えない眼でダイヤルを廻し、一週に一度は必ずうちに電話をかけてくる。対応をするのがベティでも私でも、彼女のおしゃべりは始まるのだ。話はたいてい病気のことだ。困難な肉体状態をいちいち細かく報告する。それから彼女を追い出した教会の悪口。彼らは信者の献金にしか興味を持っていないのだ。昔まだ少しは献金のできる頃は親切だったが、病気が始まり、彼らの手足まといにしかならないのがわかったら、彼らはさっさと私たちを追い出してしまった。いいですか、カトリック教会というのは貧乏人には冷たいものなのですよ。私は決してカトリックとしては死なない……とこんな話である。

人の心は恐ろしいもので、自分が不幸だと思い出すと、本当に不幸になっていく。東洋の哲学が〝心の在り方〟を説くのは意義のあることで、ベティも私も、ミセス・キャンプルマンが自らを苦しめているのではないかということに気付いてはいるのだが、それをどうやって彼女に理解させたらいいかが解らないのである。

さまざまな家族のかたち

男女関係にフィフティ・フィフティはありうるか

前にも述べようにベティは体が弱いので、アーウィン・ストアで働くことで精一杯。家事はほとんどほうり出している。洗濯は三週間に一度、風呂も疲れるといって二週に一度くらいしか入らない。だから二週間も経つうちには、体からか汚れた下着からか、酸っぱいような匂いがしてくるが、本人は枯草熱のヘイ・フィバー（hay fever）で嗅感が鈍っているので気がつかないし、私も気にする方ではない。皿などもめったに洗わない。流しに重なっている皿を見ただけで、洗う前からすでに疲れてしまうのだ。

そんな性質を私の母の郷里信州では、うまい言葉でいい表している。〝づくなし〟というのである。私自身はなんでも事務的に片付けてしまう方なので、むしろ自分の性格に重荷を感じ、かえって怠け者のづくなしが大好きだ。徳とさえ思っている。それを聞いたベティは感激し、アルがそういう考え方をしてくれたらいいのに、といった。アルのクラス・メートが精神分裂になって入院したので、ベティがその原因を聞いたら、女房が家の中をごちゃごちゃにしておいて、新聞紙を片付けずに積み上げておいたからだと答えたそうである。

「なにさ！　新聞紙で精神病になるものか。あれは、私を間接的に責めたのよ」

とベティはいっていた。

まったくベティとアルは、時々おかしな問答をする。夫婦の間柄は五十パーセント五十パーセントでなければならぬというのも、その一つである。本当は一年前に結婚するはずだったのだが、結婚すると仕事が増えるし、それに私たちと暮らしている方が楽しいという理由で、ベティは結婚を一年延期してしまった。

しかし、いよいよこの六月には結婚するだろう。その時、アルは歯科大学の四年生になるので、結婚後も一年は通学するわけだ。だからベティは少なくともその間、アーウイン・ストアで働かなければならない。その上に料理、洗濯、たまにはアルの友達を招待しなければならないし、どこからか招かれれば着飾って出かけなければならないし、日曜の朝教会へ行くのをサボるのはアルが許さないだろう。それらの生活設計を頭に描くだけで、ベティはげんなりしてしまうのだ。

しかしアルは、それを当然だと思っている。だいたい彼の両親はいまだに職工として共稼ぎを続けているのだし、それでいて交際も欠かしたことはないし、家の中をきれいにしている。彼の周囲の若夫婦で共稼ぎをしていない夫婦はいないくらいだし、赤ん坊を抱えて働いている妻もいる。だから当然だというのである。

ベティとアル

だが、客観的に見れば、それはベティの能力や体力を正当に評価していない暴論で、また、私がもし彼女の立場にいたら、その考え方にはずいぶんと腹立たしい思いをするだろう。ところが、ベティは腹を立てるまでは行かず、ただひたすらに心細がっている。

ここからアルの五十と五十の論が出ているのだが、これはもちろんアメリカ人の一般的な考え方、ギヴ・

アンド・テイクに根ざしている。必要以上に利用もしない代わりに、損もしないというのである。しかしなにがギヴで、なにがテイクであるか知るのは本当は難しいことで、もしはっきり決めようとするならば、ごく表面的な判断を下す以外にない。

アルにいわせると、彼の親友デイル夫妻は妻が六十パーセント与え、夫が四十パーセント与える生活をしている。すなわちデイル氏は羨むべき生活をしている。私たち夫婦に至っては私が七十五パーセント与え、主人は二十五パーセントしか与えていない。羨むべきことだ。ベティに対しそれほどの要求はしないまでも、せめて五十、五十の線を割らないで欲しい。

さて私が理解できないのは、なぜアルが私たちの生活に対し、七十五対二十五という結論を下したかである。家の中で主人が動かず、私がなにもかもしているのを見てに違いないが、生活とはそれだけのものであろうか。私もまたアルバイトをし、ある時期には主人が働かずに私が経済的責任を負ったこともあった。しかしすべてをくるめて、生活の大もとを私はすべて主人に依っているのである。その意味では主人が百パーセントを与え、私はもらいっぱなしということになるかもしれない。

ベティが心配顔にそれを私に話した時、私はくだらない議論だといった。しかしベティは、そうかなあ、とも思いながら、価値があるのかもしれないとも思っている。

そういう小さいくい違いは始終ある。いつだったかベティと二人でジェネラル・エレクトリックだか、ウェスティングハウスだかがスポンサーした劇を、テレビで見ていたことがあった。四十過ぎの独身の女性が主人公で、彼女の焦りと孤独が主題になっていた。

「私たちも独りでいたら、あんなになってしまうのね」

なんていいながら、私たちはしんとしていた。そこへ主人がやってきたので、ベティは女主人公がいかに可哀そうかを話した。主人は「はっはっ」と笑って向こうへ行ってしまった。ちょうどアルから電話がかかってきたので、ベティはふたたびその悲しい話、また、いかに彼女がそれに感動し同情しているかを鼻声で訴えはじめた。彼女にすれば、自分にはアルがいてくれてよかったという安堵感も交えて甘ったれたかったのだが、アルは急に怒り出してしまった。物語に対してそんなに感情を動かすのは、異常だというのだ。ベティはあわてて弁解をはじめる。

「私ばかりじゃない。キョウコだって同じように悲しくなっているのよ。彼女が異常でないことは、あなたも知っているではありませんか」

虫の居所でも悪かったのか、アルの機嫌は直らない。ベティはべそをかいて、

「あなたはもう私を愛していないのね？」

という。

「それはいったいどういう質問だ！」

と怒鳴られて電話はガチャリ。もちろん後でアルはあやまりの電話をかけてきたが、一瞬ベティはひどく絶望的な顔になった。

「ヨシヒロは笑ったのに、アルは怒った」

というので、

「結婚すれば、そういう下らないことは考えないようになるから大丈夫よ」

と慰めたが、どの夫婦にしても、お互い本当にうまくいくようになるまでは大変なことである。

小さなコミュニケーション・ギャップ

ベティは、主人のことをちょっと煙ったく思っている。甘やかさないからである。精

神的には理解があるが、サービス精神に欠けているというのである。こういう型の男性は彼女の周囲にいなかったので、どう取り扱ってよいかわからないのだ。

ひとつには彼女は人の顔色を見ることができないので、変な時に変なことをいってしまうのだ。これは、なにもそれでうまくやってやろうというのではなく、日本の女性だったら自然に身についている、人に〝仕える〟という生活態度のことで、もし落ちついて気を配ったら当然解ることなのだが、どうしても自分だけを中心に物を考えるので解らないのである。

主人の車は屋根をたたむとオープン・カーに。右から主人、ベティ、著者。背後の家はベティの家

例えば、主人が実験のことを考えている。彼女はなにも知らないから、側へ行って陽気に今日ショウウインドウで見てきた素晴らしいドレスのことを話し出す。彼は返事をしない。時によってはぐいと睨みつける。それで彼女はふるえ上がり、私の所へ飛ん

できて、

「私はまた、なにかヨシヒロに悪いことをしてしまったらしい。彼は私を睨んだ」

と報告するのである。

日本の男はこんなものだ、と彼女は長い間諦めていた。ところが銀座の大きな靴店の支店長で、同じワシントン大学に留学していたT氏とベティがデイトして以来、彼女は意見を変えてしまった。T氏はスマートな美男子で、ベティを彼のモダンな自動車に乗せて恭々しく護衛した揚句、イースト・セント・ルイスで素晴らしいディナーをおごり、「あなたは世界で最も美しい女性だ」といったのだそうである。そこでベティはぼうっとなり、ミスターT・はなんてノーブルなんだろうと褒めちぎった。でも「世界で最も美しい女性」というのはちょっと誇張しすぎる。「最も美しい女性たちのうちの一人」というならいいけれど……とは、彼女の言である。

そのことがあって以来、朝主人が実験室へ行くついでにベティをアーウィン・ストアに送る時、いつもならさっと自分で降りるのに、降りなくなってしまった。

「ミスター・Tは、ドアを開けてくれた」

といって、主人が降りてドアを開けに来るまで待っているのだそうだ。

もちろんこれは、私のいる時には起こらない。私がなにも期待しないので、彼女も仕方なしに私に続くのみである。しかし私のいない時には、主人も男である以上、男を男として使おうという欲望が湧いてくるらしい。また、主人の方も私のいない時は、紳士の国アメリカでなにもしないでいるのが気がひけるのか、しばしばそれに応じてしまうのである。

例えば、ベティがお客を招んだあとの皿洗いなどを、私が夜図書館で働いて帰ってみると、主人がしている。ナイフやフォークを磨いている、家具を動かしている……といった調子である。私の姿を見るとベティはあわてて、

「ヨシヒロが親切に皿を洗ってやろうとあまりいうから、私は拒絶できなかったのよ」

と弁解するが、それがたとえどんなに魅力的な女性のためにでも、主人が自ら皿を洗おうといわないことだけは確かなのである。こうして時々珍妙なことが起こる。

ある日ベティは、医者へ行くために洋服を着替えると、いきなり主人に聞いた。

「タクシーを呼んでもいい？」

あまり突然なので主人がポカンとしていると、ベティは、

「これから医者に行くのだけれど、私、タクシーを呼ぼうかしら？」

といった。医者の所に行くには電車に乗らなければならないのだけれど、電車の停留所までとても遠く、タクシーを呼ぶか歩くかしなければならないのだ。それで主人に、自動車に乗せて行ってくれといっているのである。やっとなんのことがわかって、主人は自分が乗せていってあげるといった。私はその時台所にいて、そのおかしな問答を聞いてしまったのだけれど、彼女は私の所に来て

「ヨシヒロが乗せて行ってくれるというのだけれど、断わっては悪いわね」

といった。

こんな調子で、ベティは主人には自動車のことではずいぶんサービスしてもらっているのである。ちょっとの距離でも歩くのが嫌いなので、毎朝主人が彼女をアーウィン・ストアに送っていく。しかし彼女の意識の底にはいつでも、サービスが足りないという不満があるらしいのである。だから私の体調がわるくなって床についたりすると、ヨシヒロがこき使うからだ、と、ちらと非難を彼に向ける。フリーダ叔母さんに私のことを電話で話す時は〝可哀そうなキョウコ〟という表現を使う。〝いつも働きすぎていて可哀そうなキョウコ〟という意味らしいが、私にはなにが可哀そうなのかわからない。

「私は結婚しても、あなたみたいになりたくない。私は幸福になりたい」

と彼女はいうのだが、二年も一緒に生活して、その程度にしか私たち夫婦の生活が理解できなかったのかしらと思った。しかしこれも彼女が独身だからで、結婚してみれば解るようになるのかもしれない。

根強く残る人種偏見

料理は私がして、ベティが掃除をすることになったことはすでに述べたが、彼女は掃除が嫌いなので掃除婦を雇うことにした。リリーという五十五歳の黒人で、ジラード家でもバーン家でも彼女を雇う。リリーは一週間おきの木曜にやってくるが、ベティは彼女が大嫌いだ。一つには個人的理由で、一つには偏見かららしい。ちょうど私たちがここに越してきて三日目だった。うちの主人が働いているドクター・モークの研究室には、主人のほかにもう一人エド（Ed.）というジャマイカから来た研究助手がいた。まだ車を買っていなかったので、エドが主人を送ってきてくれて、二人は家の外で立ち話をしていた。ベティが気がついて、

「あら、お友達が来ているの？」

といいながら、面白半分に窓から覗いてみた。そして、彼女はあっと顔色を変えた。あれは黒人だというのだ。私は否定した。彼はジャマイカから来た外人学生である。それに、彼は白人にみえる。しかしベティは、どこから来たにせよ、彼は黒人の血をひいている、というのである。それが本当としても、私は彼女がそれをそんなに問題にするのに驚いた。

ところが彼女の方は、私たちがとんでもないことをすると、もっと驚いていたらしい。そして彼をどうぞ家へ入れないでくれ、と頼んだ。召使や職人以外の黒人をドアからうちへ入れる家庭はここにはない、というのだ。もし黒人の学生と交際したければYMCAなりキャンパスなり、特定の場所がある。しかし家庭に招いたりしたら、近所中の非難の的になるだろう。私は仕方なしに、あとでそれを主人に伝えた。みるみる彼は不機嫌になり、ここを出ていくと怒ったが、私は彼とベティと両方をなだめるのに苦労したものである。

月日が経って、ベティと私が好い友達になるにつれて、彼女はそのことを気に病んでいたらしく、こういい出した。エド夫妻を招んでもいい。私自身は我慢する。しかし近所の手前、暗くなってからにしてくれないか。しかしそんな条件を承知でエド夫妻を招くなどという失礼なことができようか。だから私たちは彼の家には招かれたけれど、こちらからは招かなかった。

この偏見はベティ自身のそれというよりは、この地方の特色なのである。ミズーリ州は地理的にちょうど南部と北部の中間にあり、南北戦争の時も、ある人は南軍に、ある人は北軍に加わって戦った。いわば南北両方の伝統を引いているのである。今でもダウン・タウンのはずれ、ミシシッピイの畔に、そこで奴隷を売買したオールド・コート・ハウス（Old Court House）が残っている。だからその当時の奴隷たちは、このミズーリ州を突き抜け、お隣りのイリノイ州に入ってはじめて安全なわけだった。

ベティ自身も、ミズーリの人間がイリノイの人たちに比べて黒人に対する偏見が強いのは認めている。しかし彼女は、それを悪いことだとは思っていない。彼女によると、確かにミズーリ人は黒人を一段下の人間として扱うけれど、黒人がそれに甘んじていれば世話をみるというのだ。

例えば、アーウィン・ストアの近くのウィルソン・レストランに黒人の女が働いていた。彼女はもちろん黒人としての待遇しか受けなかったけれども、皆から可愛がられ、幸福だった。彼女はやがてシカゴへ移住した。確かに北部の人間は彼らに自由は与える。

しかしそれだけだ。彼女は〝自由〟では食えず、やがて麻薬の密売に手を出し、今は牢獄にいる。いったいどちらが黒人にとって真の幸福だろうか？　私は、「その話はなにも説明していない」といった。

リリーの話からそれてしまったが、ベティの偏見が彼女だけのものではないことを説明するつもりだったのである。そしてこれは、私たち外国人にはとうてい理解のできない、根強いものらしい。最高裁判所の規則が通る二年前まで、この地方には差別制度があった。小学校、ハイスクール、映画館、レストラン、公園などの差別である。私がそれについてある教授と雑談していた時、彼は、

「自分の母親が自分を黒人と共学の小学校へ入れただろうか？　否。自分が自分の息子を黒人と一緒の小学校へ入れるだろうか？　否」

といった。

だからベティに偏見があったとしても、それは彼女だけの責任ではないのである。といって、だからいいということには、もちろんならないけれど。

さて、リリーは朝の九時から夕方の四時まで働くのだけれど、一時間に一ドル取る。

これがベティの一番に気に入らない点だ。ベティは一時間七十五セントからはじめ、今は九十セント貰っているが、どちらにしてもリリーより少ない。もう一つの理由は、リリーがベティを利用するというのだ。

これはある程度本当で、彼女はお隣りのジラード家やバーン家には昼食持参で働きに来るが、うちに来る時はなにも持ってこない。そこいらにあるのをなんでも食べ、ウィスキーやワインまで飲んでしまう。一口にいって虫が好かないのか、ベティはリリーが大嫌いである。

ベティは一日の終わりには疲れて、いつもがっかりした顔でお勤めから帰ってくる。ゆっくりとした足取りで静かに帰ってくるのである。しかしリリーの来た日は、彼女はかつかつと歩き勢い込んで帰ってくる。ハンドバックを手にしたまま、リリーのした仕事を調べて歩くのである。リリーは字が読めないので、口頭で用事をたのむのだ。故意か偶然か、いつも言いつけ通りのことはしないので、ベティはきまって腹を立て出す。そして、私にリリーの欠点をぐちる。

私だったら、不平をいうなどという恥ずかしいことをする代わりに、いっぺんで首を切ってしまうだろう。いつもは黙って聞いているのだが、ある日それがあまり長いので、私は腹を立て、ぷいと立ってしまった。翌朝顔を合わせたら、ベティはすっかり小さくなっていて、あれこれ私の機嫌をとるので、おかしくなってぷっと吹き出したら、ベティも笑い出し、仲直りしてしまった。

私はリリーがベティのいうように、気の強い悪い女かどうかは知らない。彼女の働く日、私はたまに家にいるが、彼女は私にはひどく親切で、昼食の用意をしましょうか、テーブルをセットしましょうかなどと聞くけれど、私が彼女を雇っているのではないから、なにもしてもらわないことにしている。また時々ベティの悪口をちょっちょっと私にいおうとするが、それには耳を貸さないことにしている。

ガソリン・スタンド屋のピーター

私たちの住むブロックの角には、小さなガソリン・スタンドがある。現在の持主はピーター（Peter）という禿頭のお爺さんで、スタンドの名前はピー・アンド・エル・サービス・ステーション（P. & L. Service Station）という。このスタンドは地理的条件に恵まれていないのか、たびたび持ち主が変わる。最初のはリー（Lee）という野性的な逞しい男だった。主人と気が合って、顔を見るとすぐに乱暴な英語でからかい出す。

「おい、お前の自動車はまだ動いているのか？　俺はもうとっくの昔に、駄目になっているかと思った」

といった調子である。そしてウィスキーをおごってくれたり、私が行くと料金をまけてくれたりしたものだ。しかし一年ほどでつぶれてしまった。それから短い期間に持ち主が次々に変わった。どれも開店の時にはチンドン屋みたいな楽隊やピエロを呼んで賑やかにはじめるのに、末路は哀れだった。

そして八ヶ月ほど前に、ピーターが持ち主になったのである。代々の持ち主に比べて、ピーターは一番たよりなく見える。私よりちょっと背が高いくらいの小男で、口の中でねちゃりねちゃりと発音し、ベティにいわせると、

「あの人、朝から飲んでいるんじゃないの？」

ということになるし、歯切れが悪く威勢がよくない。ところが仕事の方はもう八ヶ月も続いているのである。しかし彼が自動車のことにくわしいかというとそうでもなく、いつもフゥフゥフゥと鼻唄を唄っていて、彼の真意がどこにあるかまったくわからない。

いつだったか大学の駐車場で、うちの自動車が動かなくなってしまった報せを主人か

ら受けて、私はピーターに一緒に行ってくれるように頼みにいった。彼の自動車に乗せてもらって、私は彼の運転に驚いた。右廻りをするたびに歩道の隅に乗り上げるのである。そしてガタンと降りる。普通の人ならなんとか弁解するところだが、彼は相かわらずフゥフゥと鼻唄を鳴らし、少しも省みない。さてうちの自動車の故障を調べはじめたが、彼には原因が分からない。ちょうど寒い時だったので、彼はついに、一晩ガレージに入れて暖めたら、明日の朝になれば動くようになるだろうという判断を下した。

こんな調子のピーターだが、私たちはいつも故障のたびに彼の所に自動車を持っていくことにしている。なんとなく気に入っているからである。向こうでもこっちを気に入っているらしく、時々主人の帰りが遅いなと思っていると、ピーターと二人で飲んでいたりする。ピーターはひどい飲んべえなのである。

無口なペンキ屋ジョー

リリーの話をしたついでに、これも隣人たちではないが、しばらく出入りしていたペンキ屋と床磨き職人のことを語ろう。どうしてその人たちを雇ったのかというと、火事があったからである。

外交官試験に受かった私の弟が渡米したのは、一九五六年の九月だった。逢いたいと思っていたがなかなか機会がなく、やっと今年の三月になって、イースターの休みを利用してセント・ルイスにやってきた。ちょうどその間に二階の弟の部屋の長椅子から出火し、その上にあった弟の衣類を少し焼いてしまった。出火原因はわからない。私たちは留守だったが、ジラード家のローズ・マリイが煙の出ているのを発見し、消防自動車が三台やってきて近所中の大騒ぎになってしまった。幸いに発見が早かったので、長椅子を焼き天井を焦がしただけですんだ。

さてその後片付けであるが、オットー叔父さん（Uncle Otto）がそこへ乗り出してきた。彼はベティの亡くなった父親の弟だが、やり手で、保険会社との交渉は俺にまかせておけ、ということになった。彼は、消防自動車のまいた水のために家中の壁が駄目になった。消防夫が侵入する時に窓やブラインドをこわした……（これらは皆嘘である）等々といって、保険会社から二百五十ドル取ることに成功した。そしてこの機会に家中をきれいにし、うち百ドルは結婚式の費用に取っておいたらいいというのが、彼の意見なのだ。残りの百五十ドルでどうやって家の中をきれいにするかが問題なのだが、そこでオット一叔父さんはジョー（Joe）という前述のペンキ屋を拾ってきた。一時間一ドルで家中のペンキを塗り変えさせるのである。この料金はペンキ屋の手間賃にしては法外に安い。しかしジョーは家族連れでテキサスの田舎から出てきたばかりで、知人もなく職もなく困っていたので、その状態につけ込んでのことだった。ジョーは両腕にハートやら女の裸体やらを一杯にいれずみした精悍な男だが、話し方は田舎弁まるだしで、ちょっと説明するのは難しいのだが、都会の人間ではないことをすぐに感じさせる。

ちょうど私は修士論文を家でタイプしていたので、彼の働いていた十日間、私は一日中彼と顔をつき合わせることになった。ところが彼は腕の凄いいれずみに似合わずひどい無口で、私が話しかけなければなにもいわない。アメリカの若い男にありがちな押しつけがましさがないのに好感を持ったが、私も忙しかったのでなにも話しかけなかった。

二日目に、彼はそっと私の後にやってきて、

「水を下さい」

といった。私はなににする水か解らなかったが、たぶん仕事に使うのだろうと思って、一升も入りそうな大きなびんにごくごくと水を入れた。彼は黙って私の手許を見つめている。途中で私はふと気がついて、

「なににするの？」

と聞いた。

「飲むんです」

彼は笑いもせずにぼそりと答えた。私はあわててその水をコップに移しながら、彼を生真面目な男だと思った。

ある日、主人が昼食に帰ってきて、

「今日はペンキ屋休み？」

と聞くので、

「台所で働いているわよ。なぜ？」

というと、自動車がないという。何度もいうように家は電車から遠いし、自動車を持っていない家族などないといっていいくらいだった。ボロ車なら捨値で買えるからである。それではじめて私たちは、彼がどこからか知らないけれど、歩いてくるに違いないということに気がついた。それから、毎朝彼が手ぶらで入ってくるのにも気がついた。そういえばランチだといって二階へ上がっていくが、五分もすると降りてきて働き出す。彼はほとんどなにも持ってこないのではないかしら。ひどい貧乏なのだとベティもいっ

ていたけれど、その考えを主人に告げると、主人はすぐに、

「おい、一緒にビールを飲まないか?」

と声をかけて台所に入っていくと、ビールの栓をぬき、ソーセージやサラダを冷蔵庫から出して並べはじめた。

その日の午後、私はなに気なく、

「セント・ルイスを好き?」

とジョーに聞いた。大嫌いだという。私は心外だったので、なぜかと尋ねた。彼はしゃべり出した。

「だいたい人間が冷たい。うちの方じゃ村中が一つの家族のようだ、誰でも他人のことを全部知っている。どこかの家に病人のある時は村中で心配する。誰か来て泊めてくれといえば、何日でも泊めてやる。しかしここじゃ十年住んでも、隣にいるのが誰か知らない状態だ。ことに俺の女房なんか、都会はもう嫌だといっているよ」

そんなによい村をどうして出てきたのだろう、という疑問が湧いた。ジョーはそれを察したのか、自分が村を出た理由を話し出した。それは女房の産後の肥立ちが悪く、病院に入ってお金を使いすぎたためなのだそうだ。医者に三千ドルも払わなければならな

かった。彼は指を三本突き出して私の目の前で振ってみせた。借金で身動きがとれなくなって、都会に行けばもう少し金になると思って出てきたのだそうだ。

「でも俺はもう田舎に帰るよ。俺の理想はそこに家を建てることだ。小屋みたいのでもいいから家を建てる」

それからジョーは、

「あんたたちはなにをしているんだね？」

と聞いた。

「学生よ、主人も私も」

「二人で学校へ行ってちゃ、金がかかるだろうな。フレッシュマン（大学の一年生）かい？」

「ううん、主人はPh. D.のコースで、私はマスター・コースで勉強しているの」

彼はなんのことだか解らなかったらしい。でもやがて、

「凄いな」

といった。

「俺は小学校しか行かなかった。でも俺の友達には一人カレッジへ行ったのがいた。

中退だがね」

こんな話からはじめて、仕事の合間に彼はぽつりぽつりといろいろのことを私に話した。村の生活やら、女房が病後神経質になって困ることなど……。だから十日経って仕事が終わり、彼が来なくなってからも、ジョーはもうテキサスへ帰ったかなと思っている。オットー叔父さんが検査にやってきたので、

「ジョーはよく働きましたよ。昼御飯の時間も取らないくらいよ」

といったら、

「駄目だ。駄目だ。俺の眼から見たら不満な所がたくさんある」

といった。

床磨き職人ミスター・コールマンとの交流

次の日からミスター・コールマン（Coleman）が代わって働き出した。重い機械を物凄い騒音の中で動かして床の表面を削り取り、その上に塗料を塗るのである。彼も十日ほど働いた。彼はジョーとは違って上品で、はじめ彼が入って来た時は、私もちょっと

驚いた。教養がありそうにみえるが、学歴がないことは確からしい。なぜなら彼の本職はマックドナルド・エア・クラフト・カンパニイ（McDonald Air Craft Company）の夜勤職工だからである。

ベティの推察によると、彼が品好く見えるのは、よい家庭に生まれたからに違いない、というのだ。だから本当は大学教育も受けられ、もっとよい職も得られたのに早く結婚しすぎてすべてを逃してしまったのだそうだ。彼の兄はカリフォルニア大学のサイクロトロン研究所で働いているし、ソサィエティに属しているというから、上流の人間に違いない。さて彼自身はひどくおしゃべりで、最初の日から私にいろいろの質問をする。彼の英語はジョーのとは違って極端に丁寧だ。

「手紙が来ていますよ。もし私に権利を許してくださるならば、あなたのところに持ってきましょう」

という調子である。彼もまたローパー夫人のごとく、私を〝本国では貴族〟とでも思ったのかもしれない。私は彼にとってはじめての日本人なのだそうで、彼はいろいろのことを知りたがった。元来、私は好奇心は面倒くさくて嫌いだ。

いつだったか、ウァリントン（Warrington）という小さな田舎町へ講演旅行に行った時、着物を着ていたもので、たちまち人垣に取り囲まれてしまった。あちらこちらから飛び出す馬鹿らしい質問に答えている中に、二、三人は床にしゃがんで勝手に私の足袋をぬがせている。他の二、三人は着物の前裾を開けてみているという具合で、女ばかりの会合だったからいいのかもしれないが、もみくちゃになった。彼女たちにとっては、私という個人なぞどうでもいいので、ただ〝日本人〟が動いてしゃべっているというので驚いて見ているのである。単に珍しがられるほど、はかないものはない。

しかしミスター・コールマンの質問には、好奇心だけとはいい切れない真剣さがあった。彼は私の話を聞きながら、自分の生活を考えているのだ。彼の最初の質問は日本の男、ことに夫はどういう生活をしているかというのだった。家庭以外の所で楽しみを持つ権利があるかどうかというのだ。これにはもちろん、諾と答えるべきであろう。

多くのアメリカの家庭男子(?)と日本の夫を比べてみればわかるのだが、日本の夫はアメリカほど家庭に閉じ込められていない。常に妻と一緒に外出すべきであるというような道徳観はない。一人で出る時もあるし、男同士でバーに飲みに行くこともあるし、何時に帰るといちいち電話をかける必要もない。妻と出たいと思えばそれもまた自由である。この答えは彼にとって衝撃だったらしい。

「それは、アメリカの男にはできないことだ」

と彼は繰返した。

「夫が自由に外出するとして、外で他の女たちを見たり話したりして、妻は心配ではないのですか?」

と反問してきた。客観的に考えるならば、妻よりももっと美しい女、素晴らしい女が世間にはたくさんいることを認めなければならない。そして妻はそれら総ての女に対し、夫を盲目にすることはできない。そうだとすれば、夫を信ずる以外にない。たとえ妻より美しい女はいたとしても、妻以上の真実をもって夫に仕える女はいないことを信じるべきである。

二日目に来た時、彼はもちろん働きにやってきたのだが、床磨りはそっちのけに、昨日の話の続きをはじめた。昨夜考えたというのだ。たいていのアメリカ人はおしゃべりはするが、次の日にはすっかり忘れているものだ。後を引かない。

彼は昨夜、私の話したことと自分の生活が、いかに違うかを考えたというのだ。彼は熱心なキリスト教徒の厳格な家庭に育って、今の若い者がするような多くの女の子との自由なデイトは許されなかった。結婚前に交際した女の子はただ一人で、それが現在の妻だ。結婚後も忠実な夫だし、妻が病身なので外出もしない。行きたい所、見たい映画もあるけれどすべて諦めて、自分の生活は家庭と職場に限定されている。自分は自分が大きな誤りを犯したことを知っている。しかし四十八歳にもなって生活が変えられるだろうか？　彼には二十四になる娘がいるといった。そして私の年を知りたいのだ。彼はいう。

「私は、レィディの年をたずねるような、失礼な真似はしない。しかし、もしも私に推察することを許して頂けるならば、あなたは私の娘に年令の点で近いに相違ない」

私はあなたの推察は正しいと答えた。何年結婚しているのですか、と彼は聞く。七年。それで子供はないのか。ない。もし理由を聞くことを許して下さるならば、なぜなのか。自分の大学院での勉強に、ほんの基礎だけでも与えてからにしたかったのだと、私は答えた。それは賢い考え方だ、と彼はいう。今の若い者たちは必要以上に早く結婚しすぎる、ことに男が。そして早く子供を作りすぎる。そして彼は自分の娘のことを話し出した。

彼の娘は十九歳の時に同年の男の子と結婚して、二年後には子供ができた。ところが夫はまだ学生だし、父親になるまでに成長していない。朝の三時頃まで妻と踊ったりしゃべったりするような生活をつづけているうちに二人の生活も破綻し、離婚してしまった。娘と赤ん坊は、コールマン氏が引き取った。しかし娘の方も、まだ母親の本当の責任がわかっていないのだ。子供をほうり出したままで勤めに出て、今では前夫とデイトしている。彼はどうやって〝生活〟というものを二人の子供たちに教えたらよいか解らないでいる、と嘆息した。お父さんたちはオールド・ファッションだから駄目だ、と耳を貸さないからである。

帰り際に彼はまたやってきて、「あなたは心が優しく可愛い人だ」と褒めた。私は自分のことをそう思わないので、ただ、「どうも有難う」と答えた。すると彼は、「いや、私はあなたにお世辞をいっているのではない。真実の気持ちを伝えているのだ」と私の肩に両手を置いて、それから出ていった。

私自身は彼の私生活に立ち入りたいと思ったわけではないのだが、翌日も仕事にくると、彼は自分についていろいろ語るようになった。

彼の妻が病身というのは、神経衰弱で精神病医にかかっているのだそうだ。「自分は家庭の幸福のみを考えて生活し、妻を精神病にする意志は毛頭なかったのだが」と彼はいう。精神病医は他の医者に比べてまた一段と医療費が高い。だからそのために収入のよい仕事をとらなければならなかった。毎晩夕方の四時から夜中の二時まで働いているのも、昼間は職工長が見張りに立っていて、見張られながら仕事するのは嫌だという理由の他に、夜の方が一時間につき十五セント多く貰えるからである。でもそれでも足りなくて二時から八時まで寝ると、昼間はまたこのように内職をしなくてはならない。それもなるべく早く切り上げて家に帰り、三時半の出勤時間が来るまで、娘のほうり出した孫の世話をしなければならない。子供を妻と置くと、彼女の神経にさわるからだ。

私にはもちろんなにもすることができないし、空々しい慰めもいえないので黙って聞いている。最後の日に、彼は「自分は小さい時からいつも正しく生きようと努めてきた」といった。彼の兄は反対で、飲み、多くの女とデイトした。しかし結果的には兄は上流のソサイエティのメンバーにまでのし上がり、彼自身は困難な生活を送ることになった。正しく生きようとしたことに、どれほどの価値があったのかと彼はいうのである。

彼は「さあ、もうお別れをいわなければいけない」といいながら私の手を取り、彼の両の手の中に握りながら、「いつまでもそのように優しく、よい妻でいてください」といいながら、驚いたことには涙をぽろぽろ流し出した。たとえ生活が苦しくともあなたの中にはなにかがある、はじめから私はそれに気がついていたといおうとしたが、彼をよけいに刺激してもと思って止した。

彼がいつまでも私の手を握っているので、私はそっと抜いた。「これでもう一生逢えないけれども、もし路上で行き会うことがあったら、そのまま行き過ぎずに声をかけて貰いたい。妻が一緒でもかまわない」と彼はいった。それからちょっと恥ずかしそうな表情で、「あなたの方から声をかけて貰いたい。自分はどうも自分より社会的地位の上の人間に対して、こちらから声をかけられない性分なので」といった。

「あなたの娘さんも、いつかはあなたのいうことがわかるようになるでしょう」

と私はいった。私は彼をドアの外まで送って出た。

彼にとって私は異邦人なのである。彼の属している社会に対してなんの責任もない。少なくとも同じ責任を負わない人間、同じ基盤の上に立って物事を考えられない人間だからこそ、愚痴もいいやすかったのではあるまいか。もちろん私は、彼のそれがただの愚痴ではないのは知っている。しかしその人の全生活を引き受ける決意でも固めない限りは、人間が他の人間にしてあげられることなんて本当に僅かなものである。

ベティとアルの結婚

セント・ルイスでの暮らし

セント・ルイスの冬は厳しい。フォーレスト・パーク（Forest Park）の池では子供たちがアイス・スケートをはじめる。雪に蔽われた日が続く。平均気温は零下十二度から零下四度の間を上り降りしている。道を行く車はタイヤに鎖をまきつけてカラカラ鳴らしながら走ってゆく。氷の上で滑らないようにするためである。

家では地下室にボイラーがあって、石油を燃して暖をとっている。他から来る人たちはずいぶん寒い家だと思うらしいが、私たちはそれほどにも感じない。ことに寒さのひどい時には、台所のガスに火をつけ、その側に座る。そして本を読んだり食事の仕度をしたり、窓越しに外を見たりしているのである。

主人は六時頃帰宅するので、クラスがなくて家にいる日には、私は五時から夕食の用意をはじめる。流しの前の窓は見晴らしがよく、野菜を洗ったりきざんだりしながら、いろいろのことが見える。三日に一度は、夕食の仕度をはじめる前に家中の紙屑を燃す。ジラード家もバーン家もアリスの家も、家と同じ大きさの小さな裏庭があって、そのはずれに原っぱがある。そこに各々専用の大きな鉄製の籠が幾つも置いてある。そこで屑を処理するのである。

料理しながら私は鉄網の隙間から吹き出る炎を眺める。暗がりの雪上にそれは紅の跡を残して流れていく。バーン氏が帰宅する。台所口から入ったと思うと帽子をかぶったまま紙屑を集め、これも裏へ燃やしにいく。私など一日の終わりには疲れて、相当とげとげしい気持ちで帰ってくるものだが、バーン氏は休息を取らずにすぐに次の仕事にかかることができるらしい。火の玉が二つ裏の野原を照らし出していると、ロジャーが猫を追って、家の裏へ飛び出してきた。寒いから家に入りなさい、と叫んでいるジラード夫人の声が聞える。ローパー夫人の家には、相変わらずたった一つだけ灯がともっている。

セント・ルイスの夏はもっと悪い。三十二度から最高は四十四、五度にもなる。日射病で倒れる人も多い。夜も、雷雨でもない限りは気温が下がらない。

私たちがはじめてこの町にやってきたのは一九五五年の九月だったが、それでもなにかの間違いではなかろうかと思ったほどだった。大火の直後かなにかで、気温が異常に上がっているのかと思ったのである。でも人々は平静に歩いていたし、これが普通の暑さと知った時には、まったくがっかりしたものだ。

しかし夏の夜は催し物が多いので、まだ少しは楽しめる。まず、ブッシュ（Bush）球場で行われるカーディナルス（Cardinals）の試合、フォーレスト・パークの野外劇場で催されるオペレッタ、ミシシッピイ川を下る遊覧船アドミラル（Admiral）、古い田舎芝居の伝統を残すショウ・ボート（Show Boat）などである。

夏の朝、近所の人々の顔が合って真っ先に口にするのは、今日は何度まで上がるだろうということだ。ラジオの天気予報を聞いた者が、ラジオではこういった、と教える。しかしそれはたいてい当たらない。感覚なんて変なもので、今日はそんなにひどくないなと思っていても、人から何度ですよと自分の予想より高い気温を伝えられると、急に暑いような気になる。

ある日、校庭で暑い暑いと五、六人でこぼしていたら、通りかかったイタリア人の女の子が、自分も汗をだらだら流したまま、

「あなたたちは暑いと思うから暑いのです。暑いと思わなければ暑くありません」

と怒鳴ったのでおかしかった。どちらにしても、セント・ルイスの大陸性気候の夏は暑いことだけは間違いない。

ベティの驚くべき結婚準備

ベティはアルを撰び、アルはベティを撰び、二人とも正しかったと思ってはいるのだが、あまり強い自信はないのか、二人は属している教会の牧師に相談に行った。そこで心理テストを受けた結果、ベティは内向性、アルは外向性、完全なコンビということになった。これによって自信を得た二人は、二、三ヶ月先には結婚すると決めた。

その準備としてベティは医者へ行った。婦人科医である。そして処女膜を破って来たと私に報告した。医者は、あなたの年まで処女でいる人は珍しいともいってくれたそう

だ。私はすっかり驚いてしまって、なぜそんなことをしたのだと彼女を責めた。しかし彼女は、これが「近代的な結婚」というものだという。そしてこれがアメリカの若い人々に行われているやり方なのだそうだ。

昔、まだいろいろの無価値な概念にとらわれていた頃には、膜の存在を神聖視し、結婚当初に花嫁に苦痛を与え、それが一生を通じて心理学的に悪い根痕を残すこともあった。しかし今では花嫁の方も、準備をするのである。その一つとして、毎日少なくとも五分間二本の指を中に入れて拡げる練習をせよと、医者に命令されたのだそうである。一ヶ月たったら医者の前で彼女がその行為を上手にできること、また、少しは拡げたことを証明してみせなくてはならない。「でも、なかなかうまくできなくて困っちゃう」と彼女はいった。

私はそれらすべてに大反対だといった。だいたい、あまりに多くのアメリカ人が〝心理学〟を云々しすぎる。そしてその結果は、かえって多くの心理異常者を生み出している。アメリカはかつて、親が子供に厳しい教育を与えるので有名な国だった。しかし心理学流行の結果、小さい時に押さえつけるのはよくない、一生に悪い影響を与える、欲望を充分にのばすべきだ、ということになって欲しがるものは与え出した。その結果、いかに〝無責任〟という言葉で形容される若い人々が育ったか。少年の不良行為、家庭の不和、自制心の欠除など。心ある学者は「素人は心理学者を気取るな」と呼びかけている。

この結婚準備行為の場合には、私は婦人科医が心理学を問題にしすぎると思うのである。はじめの苦痛と、それを除こうとすることによって失うものと、どちらが真に大切であるかに私は疑問を持つ。はじめからうまくいかないかもしれないけれど、それなら後から医者に行けばいいので、結婚生活のスタートは男の人にすべて責任を持って貰ってはじめた方が、その夫婦はより幸福になれるのではないかと思う。心理学的にどうであろうともかまわないので、問題は幸福になればよいのだから。

ベティは、私の考え方は旧式だという（彼女と私は同い年である）。しかし私の考えでは、近代的になる必要はないと思うのだ。もしそれが必ずしも幸福と一致しないのならば。彼女の持ってきた結婚案内の本は、未婚の女に対して、

「結婚準備のために、あなたもちょっとやってみましょう」

と教えている。自慰のすすめである。これにも大きな疑問を抱かざるを得ない。

もしもベティのいうように、アメリカ人の女が結婚前にこういう面での責任を負わね

ばならぬのなら、最近起こったベティのいとこの事件も理解できるような気がした。

ベティの母の妹、ヴァージニア叔母（Aunt Virginia）とジャック叔父（Uncle Jack）には十九歳になるディック（Dick）という一人息子がいる。彼がガール・フレンドのナンシィ（Nancy）という十八歳の女の子との結婚を決めた。近頃アメリカの若い人々の間では十代で結婚し、親のすねをかじりながら夫婦で学校へ行くというのが流行っているので、彼もそれがしたかったのだ。

しかしそれは金持ちの息子の場合で、彼の父親は七十五歳、もう弱りかけているし、母親は六十四歳、生活を支えるために一日中タイピストとして働いている。しかしディックはそんなことにはおかまいなく、ともかく結婚式をナンシィの家、コロラド州のデンバーであげると決めた。両親も仕方なしに同意して通知を配り、贈り物も方々から集まった。そして両親とベティは、式に参列するためにデンバーへ行ったのである。

ところが帰ってからの報告では、式の前日に急に結婚するのを止してしまったというのである。ナンシィが急にとても結婚できないと泣き出し、牧師もこんな駄々ッ子を結婚させることはできないといい出し、そのままになってしまった。ディックはセント・ルイスに帰り、ナンシィはデンバーにいるが、若いし、もう二人が結婚することはないだろうというのが周囲の意見である。

ベティによると、ナンシィも膜を切り、例の練習をしていたそうだ。ベティにはよくとも、十八歳のナンシィにはこの負担は重すぎたのではなかろうか。まだ準備がよくできていないという恐怖につきまとわれていたのではないか。周囲はナンシィは変な娘だといっているが、私はむしろそれは周囲の責任であると思う。

ベティは私の意見には賛成しない。医者は正しい、彼のいっていることも正しい、というのである。正しいかどうかは知らないが、少なくとも自然ではないというと、自然に事を運ぶために準備をする方が自然ではないかと彼女はいうので、こうなると見解の相違だから、私は黙って彼女のしたいようにやらせることにした。はじめの日には五分どころか二時間かかったなどといいながら、彼女は熱心に練習を続けている。

静かな地域に起こった大事件

この近所には犯罪事件はあまり起こらない。セント・ルイスでもダウン・タウンへ行くと一日に少なくとも一つは殺人事件や強盗事件が起こる。河向こうのイースト・セント・ルイス（East St. Louis）は、イリノイ州のクック・カウンティ（Cook County）と並んで、アメリカ中で最も危険な区域なのだそうだ。しかし少なくともこの周辺は静かな住宅地である。

一度、電話をかけながら外を見ていたら、ジャンバーを着た男がさっと家のドライヴ・ウェイをかけ抜けて裏の野原へ消えて行った。その直後にジラード家の前にポリス・カーが止まり夫人となにか話していた。彼らは家にもやってきて、若い男を見なかったかというので、私は彼の行った方向を教えた。巡査たちはなんのために彼を追っているのかいわなかったから、彼がなにをしたのかわからないけれど、翌朝ジラード夫人と顔が合った時、昨夕お宅にもポリスが来ませんでしたかという話で二人でいぶかしがったが、それくらいが犯罪の匂いのする事件だった。

しかし、途方もないことが起こった。アーウィンの息子ブルース（Bruse）が自動車から突き下ろされ、ガール・フレンドが強姦されたという事件である。二人はブルースの自動車でドライブして近くのドライヴ・インに入っていた。そこへいきなり黒人の男が入ってきて、ブルースの脇腹にピストルを突きつけ、俺のいう通りに運転しろと命令した。淋しい場所に来るとブルースを突き落し、自分で運転して女の子を連れていってしまった。正気に戻ってから、ブルースは近くの公衆電話からポリスに電話したのだけれど信用してくれない。しばらくしてほうり出された女の子から同じ電話がかかって、はじめて出動したのだそうだ。自動車は野原に乗り捨ててあった。この事件が「ポスト・ディスパッチ紙」の一面に本名入りで大きく出たので、アーウィン・ストアには見舞客がぞくぞく集まった。ただ彼らはなにも買わずに行ってしまうので、その点ではアーウィン氏、機嫌が悪かったそうだ。

愛すべきベティ

私はベティが私と話す時の声が好きだ。低い声で静かになんの飾り気もなく話すからである。もの憂気な彼女の声を聞いていると、こちらの気も鎮まってくる。

しかし他の人に話す時は声の質が全然違ってくるのだ。緊張して声を張り上げるのである。いろいろの感情がそれには働くわけだが、自分をよく見せたいという気持ちもあるだろうが、それよりも彼女の場合には相手を楽しませようとして、かえって相手の分までも話を横取りし、しゃべりすぎてしまうのだ。そんな時には自らをコントロールできなくなって、その時の調子でよけいなことをいってしまう。

それがアルに対する時はことさらにひどく、その上に鼻声を交える。そうやって彼女を〝可愛い〟と思わせ、アルを幸福にしたいと願っているらしいのだが、そのうちに彼は、「キンキンしゃべるな、もっと声を下げろ」と要求するようになった。

彼女が他人にひどく気を遣う証拠には、彼女は他人の不機嫌や沈黙がたまらないのだ。だから主人がリヴィング・ルームで独りで黙っていたりすると、すぐに話題を探そうとするし、そうした沈黙は彼女自身への悪意のようにこたえるのだ。アルの場合にはいっそう烈しくて、彼が疲れてうるさそうな顔をしている時には、彼女はおしゃべりのピッチを上げる。しかし誰にでも独りでいたい瞬間はあるものだが、彼女のそれに応じないと、彼女は恐怖さえ感じて、どうでもこうでも彼女のおしゃべりにひきずりこもうとするのだ。

しかしそんなことをした後では、たちまち自己嫌悪が彼女を襲ってくる。どうして私はこうなのだろう。また同じことをしてしまった、と後悔するのである。しかし後悔するのがわかっていても、直面している瞬間には、彼女自身どうしようもないので、そのやりきれなさは私もよくわかる。

アルのいったことが彼女を傷つけたりすると、彼女は黙る代わりにアルを褒め出す。あなたのような素晴らしい人間に私のような女はもったいない……というようなことをいい出す。そして彼の帰った後では、いかに彼女が嘘ばかりついたか、そんな風にしか怒りを表現し得ない不甲斐なさを自ら責め出すのだ。

私も昔はそんな風だったという事実が、彼女に少しは慰めを与えているのか、彼女は私たちを〝双児〟と呼ぶ。彼女の眼は茶色く私の眼は黒く、あまり双児には見えないが、彼女はお揃いのショートパンツを買ってきて、私が黒のブラウスをそれに合わせて着ると彼女も黒を着る。ちょっと少女趣味かとも思うが、私も結構そんなことをして楽しんでいる。

自分の性格を素晴らしいと信じている人間も世の中にはいるかもしれないけれど、誰でも多かれ少なかれ自分の性格に重荷を感じているのではないだろうか。ベティのそれも、アルが考えるように〝異常〟なのではなくて、自意識が人一倍強い人間らしい人間ということにほかならないと思う。

「そのうちに総てがよくなるだろう」

というのが彼女の口癖だ。

ベティの結婚式。右からベティ、ヴァージニア叔母、主人、著者

ベティとアルの結婚

ベティの結婚式が近づくにつれて、私たちがこのご近所を去る日も近くなった。ベティとアルはいつまでも私たちが一緒に住むようにといってくれるのだけれど、一軒の家の中に二人の主人がいるのはなにかと不便と思うので、私たちは他にアパートを探すことにしている。ふたたびこんな面白い隣人たちを見つけられるかどうか疑問だが、答えはおそらく否であろう。もちろんどこにでも種々の人間はいるに違いないが、その人たちと深いなじみになるまで、私たちはセント・ルイスにとどまっていないだろうから。どこへ行くかはわからないのだけれど、一年後にはどこかへ行くことになっている。

最後に、隣近所の人たちのごく最近の消息を伝えて、筆をおくこととしよう。

ローパー夫人は、ベティの忠告に従って一時下宿人を置いた。コロンビアからの留学生で、英語は下手だが、ちょびひげをはやした気のよい青年だった。

「日本は偉大な国だ。かつてロシアを負かし、最近においてはアメリカをほとんど征服した。いつかは、また世界一流の国になるであろう」

参会者にパンチを注ぐ著者

などというので、いつ私たちがロシアを負かしたかな、と考えたら、それは日露戦争のことだった。その手放しの称讃の蔭には、自分の国を世界一流の国にしようなどとは思ってみたこともない気弱さがうかがえた。彼のローパー家における滞在は短く、ほとんど一ヶ月にも満たないくらいだった。ローパー夫人が極端にきれい好きで、ちょっとしたなげやりにも口やかましいというのが理由だった。

彼の出て行った後、ローパー夫人の生活はもと通り孤独なものになった。彼女がいつも窓辺に座っていることは感じられるのだけれど、めったに姿は見せないし、コロンビア留学生のことがあってから、下宿人を置くことを、もう諦めてしまったようだ。

ジラード一家は、相変わらず朗らかに幸福に暮らしている。ロジャーはますます美少年に育つが、自分では意識していないらしく、いたって無邪気だ。ジラード夫人は最近毛糸で赤ん坊のケープを編み出した。妹の出産に送るプレゼントだそうだが、天気の好い日など裏のポーチに座ってしているので、私も時々ポーチに出て、どれくらいはかどったか見るのを楽しみにしている。

バーン夫人は相変らず謹厳だ。小学校建て増しの寄付を集めに来た時、一度だけ笑顔を見せたが、それ以後はふたたび沈黙を守り、道で出会っても挨拶もしない。一九五七年のニュー・カーを買ったことだけが、表面に現れた変化といえよう。

素晴らしいニュースは、アリスのパートナーが南米から帰ってきたことである。二人は連れ立って、ニューヨークの巡行に旅立って行った。これから何年先までこの仕事が続けられるかはわからないまでも、少なくとも現在、パートナーが健康を恢復して帰ってきたのは喜ばしい。ベティの結婚式までには帰ってくるといい残していったので、ベティはそれを心から待っている。

アーウィン・ストアは、相変わらずこの近隣の社交場である。アーウィン氏は、この近所きっての知識人でもある。なぜって、薬剤学校の卒業生だもの。それに彼は多くの人間に接しているので〝世の中〟も知っている。だから人々は単におしゃべりに集まるだけではなく、時には身上相談もするのである。相かわらず金銭問題には極端につましいけれど、一方では最近ジューイッシュ・ホスピタルに五百ドル寄付して新聞にのり、一躍名を上げた。今や彼は、この界隈の〝名士〟である。

〝田舎者の家〟には新参者が絶えない。冬には一時住人が減ったようだったが、暖かい気候に向かうとまた増え出して、家の前を通ると子供の泣き声や叫び声がかしましい。この人たちは、もちろん扇風機だの冷房機だのは持っていないので、蒸し暑い夏の夜には、ポーチに並んで洋服の前をはだけ、風を入れている。

フリーダ叔母さんは、いつも自らに満ち足りた生活を送っている。なんでも人にくれるのが好きで、つい二、三日前にたずねた時は、木製の林檎箱を倒してその上で昼食を食べていた。テーブルを、近所の可哀そうな未亡人にあげてしまったからである。

ジャンク・ヤードのカクレル老人は、完全に私たちの視野から消えてしまった。相変わらずバスの中にはいるのだろうが、なにをしているのか姿を見せない。しばらくは彼の復讐を恐れていたベティも、彼のことはすっかり忘れてしまった。

ミセス・キャンプルマンは、手術を受けるために入院中である。容態はあまり好くないと、看護婦が教えてくれた。ベティは、

「体を大切にしよう。健康ほど高価なものはない」と繰返しつぶやいた。

角のガレージのピーターは、まだビジネスを続けている。毎日その前を通るたびに、自動車から手を振って挨拶するが、天気の好い日には、彼の禿頭に日光が反射して光っ

ている。彼は、相変わらずフゥフゥフゥと鼻唄を口ずさみながら、なにを考えているのかわからないような、とぼけた顔で働いている。

ベティは結婚が近付くにつれて、幸福の期待に胸を躍らせたり、自由な独身生活を惜しんだりしている。私が彼女についてなにを書いているか非常に気にして、翻訳してくれというが、私はしないことにしている。私は彼女のイメージを、私が彼女に抱いている愛情の上に描いたつもりだが、彼女は自分の期待しているものが見出せなくて傷つくだろうから。私は自分自身についても、難しいが、なるべく美化しないように努めているので、まして他人のことは美化しないからだ。しかし他人の意見などどうでもいいので、私はベティがアルと幸福になることを心から祈っている。私はベティが好きだ。

アルは減食の効果をさっぱり見せないが、でも健康そのもののように過ごしている。ペンキ屋のジョー、床磨りのミスター・コールマンはどうしているか。その後彼らに会わない。

大学の文房具屋で買ってきた焦茶色の大きなノート。そこへ日本語で日記のようなこのメモを書き出したきっかけは、コーン教授のお宅のパーティで、飾ってあるパリの地図を、誰かがセント・ルイスの地図と間違えたとき、

「誰が一体セント・ルイスに対して、そんな愛情を抱く人がいるのかしら」

という指摘を耳にしたからだったことはすでに述べた。

当時のアメリカ人の多くは、ヨーロッパを一段上に見て、ことにパリには憧れを抱いていた。

「世界中の都市で、どこが好き?」

と聞かれたら、私は、

「東京、そして、二番目はセント・ルイス」

と答えるだろう。

私は〝自分自身のセント・ルイスの地図〟を描きたいと願ったのだ。だが、結果としては、セント・ルイスという大好きな都市の〝地図〟ではなく、ごく狭い一部、べ

ティの家を中心として、その近所に住む人々の〝生活地図〟になってしまった。くわしいけれども、広がりはない。

「隣近所の生活風景」とでもいうような、ささやかな〝地図〟であろうか。

エピローグ

五十六年も前に、自分がノートになぐり書きした文章。それを今になって活字で読むのは、なんとも変な感じだ。

五十六年ぶりの〝再会〟は、恥ずかしいような、懐かしいような、そして時折、感傷的になったりもする。

どうして、こういう事態になってしまったのか？

それは、あの頃、ワシントン大学内の文房具屋で買った焦茶色のビニール表紙のついた大きなノート二冊に、「隣近所」と題名をつけて、日記風のエッセイを書き込んでいたからだ。

そして、それらをそのまま、論創社の編集者、松永裕衣子氏に渡してしまったからなのだ。

氏は、私の長年の友人であり、仕事のよき協力者でもある、工房ノナカの野中文江氏によって紹介された方だった。私の本を出版したいという有難いお話に驚いたのだが、すぐにお受けするだけの時間がなかった。

上智大学で、非常勤時代も含めると、二十三年間にわたってフランス語担当講師を勤めた私は、平成七年には定年退職していた。だが、その後五年間は、同大のコミュニティ・カレッジ（公開学習センター）で「書き方講座」を担当した。それが終わっても、受講生たちの熱意のおかげで、毎年新しい人たちも加え、まだ「書き方教室」は続いているのだ。

その他に、地域社会研究所の理事も勤め、本も何冊か書く約束をしていた私は、氏のご提案を受けることはできなかった。雑誌記事でも、本でも、私はいったん約束したら、締切り日に遅れたことは、この何十年間で一度もない。約束は必ず守るから、する前には慎重になってしまうのだ。

では、なにかすでに書いたものをと、戸棚の中をごそごそ探した私は、例の焦茶色のノートを二冊、取り出したのだ。

でも、他にもいろいろある中で、なぜ私は「隣近所」を、手渡したのだろう？

それをバッグに入れて、門を出られた松永氏の背を見送りつつ、私は（なぜ、あれを？）と、まだ自問していた。

（そうだ、兵三さんが……）

と、私は不意にわかった。「隣近所」ノートを渡したわけが、である。

兵三さんとは、芥川賞作家の柏原兵三のことで、四歳年下の下の弟の親友だった。二人の通う府立一中は、三宅坂のわが家に近い。放課後の二人は、いつもわが家へ帰ってきて、下の弟の部屋で勉強していた。部屋の入り口には、「日本青年文学会」と墨で書いた木の札をかかげ、二人ともに小説家志望なのだそうだ。

上の弟にとっても、私にとっても、兵三さんは、〝もう一人の弟〟のような存在になっていた。

昭和二十八年（一九五三年）に、主人と私が渡米留学し、少しして下の弟が外交官試験に通り渡米してからも、兵三さんは時々母を訪ね、話相手になってくれていた。彼だけが初志を貫徹し、芥川賞も頂き、作家になっていた。

一時帰国した私たち夫婦は、一九六五年には永住権を取り、再渡米した。主人は、マサチューセッツ州立大学の動物科の準教授だった。

一九六九年の夏、

「お姉さまの家へ泊りに行っていいですか？」

という便りのあとで、マサチューセッツ州西部の小さな大学町、アムハーストのわが家に、兵三さんが現われた。一週間の滞在予定だそうだ。話したいことは、お互いに山ほどある。ところが、彼が真先に口にしたのは、

「お姉さまの作品、読みましたよ」

だった。荷物はほとんど、当時青山に住んでいた母の家に置いてあった。

「なにを？」

「『隣近所』です。お母さまが見せて下さったので。あれは、実に面白い」

「そう？」

「僕たちは〝アメリカ〟を考えるとき、政治経済や、社会や文化から入っていくじゃないですか。でもあそこでは、〝個人〟が生きている。それも、小説の中の作られた個人ではなく、生の個人そのもの。しかも、ほとんどの人が大学など行かない。ああいうアメリカ人を、僕たちは知りません。行動や、心の動きが手にとるようにわかる。すばらしいですよ、お姉さま、あの作品は！」

あまり賞めてくれたので、しかも私は〝作品〟とは考えずに書いていたので、どう答えればよいかわからず、「ふーん」とかなんとかいっていたように思う。その柏原兵三さんは、

一九七二年二月十三日、脳出血で急逝した。

あのノートのことを思い出したのは、兵三さんの言葉のおかげだったのだと、私は理解した。

確かに、彼もいった通り、大学へ入ったこともないアメリカ人たちとの交際は、私たちの滞米十五年のうちで、あの時だけだったのだ。あとは、大学社会内での仕事であり、交流だった。

セント・ルイスでの日々が例外だったのは、ベティの家で私たち夫婦が暮らしたからだった。でも、〝日本男子〟の主人はなんとなく煙ったいベティは、同い年の私を〝双児の姉妹〟とよんで、なにかと私を独占しようとした。

アルとベティの結婚の前に、私たちはワシントン大学構内に、教員や大学院生たちのために建てられたプレハブの一つに引っ越した。一九五九年には、私は奨学金を得て単身フランスへ留学したし、その年の秋に帰米すると、私たちはボルティモアへ引っ越した。カーネギー研究所で、主人がボスト・ドクトラル・フェローになったからだった。ボルティモアで二年をすごしてから、私たちは日本へ帰ってきた。その四年後には、また渡米するのだが、ベティからは時々手紙がきた。

歯科医になったアルは、開業していた。

「でも彼は太っているし、指も太いの。だから不器用で、入れ歯を入れてもすぐに抜けたりして、患者さんが減ってしまう」

などとベティの手紙にはあるので、困ったなと思っていると、急にニュー・メキシコ州から手紙がきた。リオ・ランチという町の近くの空軍基地内の歯科医になったとのこと。本当によかった。空軍は〝エアー・フォース・ファミリィ〟と称されるほど内部の結束が固く、アルにはぴったりだ。そこで仕合わせに暮らした二人だったが、数年前にアルが他界した。

「でも、どうにか暮らしている。セント・ルイスでの暮らしが恋しい」

などと、クリスマスの時期には必ず便りがあったのだが、昨年はこなかった。私の手紙は、「テキサス州の以下の住所へ送れ」とアメリカ郵便局からの指示付きで返されてきた。すぐそちらへ送ったが、返事がこない。そこで、「ベティ・ラインウェーバーへ、または、彼女を知っている人たちへ」という宛名で別の手紙を送ったが、それにも返事がこない。

ベティは、どうしているのだろう？　結婚式には、花嫁の親友が参列者にパンチを注いで供することになっている。彼女は私をその役に指名した。主人が死んだときにも、長いおくやみの手紙をくれた。

この世界に、私を〝双児の姉妹〟とよんでくれた女性は、二人しかいない。

一人は、エドナ・リード（Edna Read）。長年の友人で葉山在住のレイディ・バウチャー（Lady Bouchier）の親しい友人で、日本へくる度に話し込んだ。彼女の著作を、エドナ・リード著、加藤恭子・平野加代子訳『スパイにされた日本人』（悠書館）と題して出版したのが二〇一二年七月だった。『文藝春秋』や『City & Life』などからインタヴューを受けたエドナは得意で、とてもうれしく、生まれた年も月も同じの私を、「双児のシスター！」と何度も抱きしめた。七月と八月を日本ですごした彼女は英国へ戻り、十月に自動車事故で死んでしまった。

そして、ベティ。亡き主人と私がセント・ルイスで快適な生活が送れ、多くの人たちを知り、普通だったらわからない人々の生活の細部までを知ることができたのは、ひとえにベティのおかげだったのである。ベティは、いま、どうしているのだろう？

私がセント・ルイスでの生活について、つまり、ベティやアルも含めて、いろいろなことを焦茶色のノートに書き込んでいるのを、ベティは気にしていた。

「なにを書いているの？　訳してよ」

と、時々ねだった。

英語には訳さないけれど、私はこの本を、ベティに捧げる。私の〝双児のシスター〟、ベティへ。すべてのことを、有難う。そして、もともと怠け者だったあなたが、日本への航空便などは面倒くさくて書かないまでも、どうぞすこやかな日々を送っていてくれますように。

心からなる愛と共に、ベティ、あなたにこの本を捧げます。

そして、このつたないメモを出版して下さった松永裕衣子氏と山縣淳男氏、そして論創社、工房ノナカの野中文江氏に感謝を捧げる次第である。

加藤　恭子

加藤恭子（かとう・きょうこ）
1929年、東京都生まれ。早稲田大学文学部仏文科卒業と同時に渡米・留学。ワシントン大学修士号。65年、早稲田大学大学院博士課程修了。65年～72年までマサチューセッツ大学で研究生活を送る。元上智大学講師、地域社会研究所理事を経て現在は第一生命財団顧問。主な著書に『アーサー王伝説紀行』(中公新書)、『「星の王子さま」をフランス語で読む』（ちくま学芸文庫)、『昭和天皇「謝罪詔勅草稿」の発見』『言葉でたたかう技術』(ともに文藝春秋)、訳書に『スパイにされた日本人』（悠書館）など多数。

追憶のセント・ルイス――1950年代アメリカ留学記

2013年6月10日　初版第1刷印刷
2013年6月20日　初版第1刷発行

著　者　加藤恭子
発行者　森下紀夫
発行所　論 創 社
東京都千代田区神田神保町2-23　北井ビル
tel. 03（3264）5254　fax. 03（3264）5232
http://www.ronso.co.jp/
振替口座 00160-1-155266
装　幀　野村　浩
印刷・製本　中央精版印刷

ISBN978-4-8460-1249-6　C0095　Printed in Japan

論創社

私の中のアメリカ◎青木怜子

首都ワシントンでの体験を軸に、戦前戦後と日米を往き来して見つめた大地、多様な人種の混交文化、先進的で保守的な国アメリカの姿を生き生きと描き出す。エッセイで綴るアメリカ、あの時。　本体2200円

万里子さんの旅◎入江健二

ある帰米二世女性の居場所探し　戦中戦後の苦難を乗り越え、娘を連れて戻ったアメリカで新しい人生を拓く。カリフォルニアから日本、満州、北朝鮮を経て再びアメリカへと続く人生航路の物語。　本体2400円

誇り高い少女◎シュザンヌ・ラルドロ

第二次大戦中、ドイツ兵と仏人女性との間に生まれた「ボッシュの子」シュザンヌ。親からも国からも見捨てられた少女が強烈な自我と自尊心を武器に自らの人生を勝ちとってゆく。〔小沢君江訳〕本体2000円

ディスレクシアの素顔◎玉永公子

LD状態は改善できる　アンデルセンやダ・ヴィンチにはどんな一面があったか？　ディスレクシアは「不十分な言語」を意味するが、知的な発達の遅れでも病気でもなく、改善できるものである。本体2000円

八十六歳 私の演劇人生◎重本恵津子

1945年に福岡の劇団「青春座」、上京し「戯曲座」「炎座」、早大露文科へ。結婚と破綻、塾教師40年の後、2006年、蜷川幸雄主宰「さいたまゴールド・シアター」入団。花形女優として舞台で活躍する！本体1500円

隠れ名画の散歩道◎千足伸行

“美の裏道”に咲いた名花たち　名画には《モナ・リザ》など“表通りの”著名な作品ばかりでなく、一部の人のみぞ知る優品も多い。あえて“裏通りの”知られざる傑作を紹介する、「読んで知る」名画。　本体1600円

朝のように 花のように◎浦西和彦・増田周子編

谷澤永一追悼集　2年前に没した知の巨人、谷澤永一の初めての追悼集。追悼文、書評と解説、谷澤の残した仕事を収める。司馬遼太郎・開高健・向井敏・丸谷才一・渡部昇一・坪内祐三・大岡信ほか。　本体1800円

好評発売中

論 創 社

女たちのアメリカ演劇◎フェイ・E・ダッデン

18世紀から19世紀にかけて、女優たちの身体はどのように観客から見られ、組織されてきたのか。演劇を通してみる、アメリカの文化史・社会史の名著がついに翻訳される！〔山本俊一訳〕　本体3800円

19世紀アメリカのポピュラー・シアター◎斎藤偕子

国民的アイデンティティの形成　芸能はいかに「アメリカ」という国民国家を形成させるために機能したのか。さまざまな芸能の舞台が映し出すアメリカの姿、浮かび上がるアメリカの創世記。　本体3600円

嫁してインドに生きる◎タゴール暎子

1960年、遠き異国に嫁いだ著者。そこはアジアで初めてノーベル賞を受けた詩聖タゴールを輩出した、インド屈指の旧家。大家族制度、様々な風習、日々の暮らしに書きとめたインド。　本体2200円

インド探訪◎タゴール暎子

詩聖タゴール生誕150周年記念復刊　変わるインド・変わらないインド、50年間のメモワールを、万感の思いをこめて織り上げた珠玉のエッセイ。50葉余の写真を添え、装いあらたにお届けする。　本体2200円

上海今昔ものがたり◎萩原猛

上海～日本交流小史　2005年以来、毎年のように上海に旅した著者は上海人から、上海の中で今も息づく「日本」──戦禍の跡・建物・人物等──を知らされ、上海─日本の深い繋がり注目する。　本体1600円

旅に出て世界を考える◎宇波 彰

大学で現代思想を教える著者は、エチオピア、リビア、ボリビアなどの未知の土地をゆく旅行者でもあった。日本から世界を見つめ、世界から日本を見つめる思考のクロニクル。『帝国』論併録。本体2400円

ソローの市民的不服従◎H・D・ソロー

悪しき「市民政府」に抵抗せよ　1846年、29歳のソローは人頭税の支払いを拒み投獄された。その体験から政府が怪物のような存在であり、彼自身は良き市民として生きる覚悟を説く。〔佐藤雅彦訳〕　本体2000円

好評発売中

論　創　社

アーミッシュの昨日・今日・明日◎ D・B・クレイビル

〈外の世界〉とは異なる生き方を選んだ現代のアーミッシュたち。愛と平和にみちた人々の生活を、美しい写真と共に紹介。宗教的ルーツ、神話と現実、結婚式など全34章。〔杉原利治・大藪千穂訳〕　本体2400円

アーミッシュの学校◎S・フィッシャー　R・ストール

子どもたちの心に協調性と責任感を育むアーミッシュ。人格形成を重んじつつ普通校以上の学力を授ける学びのあり方を紹介。日本人が忘れていた教育の豊かさを問いかける。〔杉原利治・大藪千穂訳〕本体2200円

アーミッシュの謎◎ D・B・クレイビル

宗教・社会・生活　近代文明に背を向けて生きる「アーミッシュ」。自動車はおろか、テレビなど電化製品を持たない独特のライフスタイルを、なぜ今日まで守りつづけるのか。〔杉原利治・大藪千穂訳〕本体2000円

ボブ・ディランの転向は、なぜ事件だったのか◎太田睦

1965年夏、ニューポートで「事件」は起こった…フォークソング・リバイバルと左翼文化運動、ビートニクからヒッピームーブメント、ロックンロールまで、様々な立場から見えてくるディランの転向事件。　本体2200円

エラリー・クイーン論◎飯城勇三

クイーンが目指した探偵小説とは？　読者への挑戦、トリック、ロジック、ダイイング・メッセージ、そして〈後期クイーン問題〉について論じた気鋭のクイーン論集にして本格ミステリ評論集。本体3000円

進化するミュージカル◎小山内伸

キャッツ、オペラ座の怪人、レ・ミゼラブル等の魅力を分析する。ロンドン・ニューヨーク・東京の劇場を観劇した著者が、音楽とドラマの関係を軸に、話題のミュージカルを読み解く！　本体1800円

ジェンダーが拓く共生社会◎ 都留文科大学ジェンダー研究プログラム七周年記念出版編集委員会

歴史的に形成された社会的、文化的性としてのジェンダー。性別役割や両性の関係、価値・規範の形成過程を検証しつつ、社会的マイノリティ・差別人種についても考察する。今日のジェンダー研究の先駆を担う本格論集。　本体3000円

好評発売中